長編小説

濡れ蜜の村

橘 真児

竹書房文庫

目次

※この作品は竹書房文庫のために
書き下ろされたものです。

第一章　山村の淫ら事件

1

「どう、仕事にはもう慣れた？」

先輩の岸端沙知子《きしばたさちこ》に訊ねられ、淀川幾太《よどがわいくた》は「そうですね」とうなずいた。

「役場に入ってけっこう経ちますし、もともと村の出身ですから、仕事もやりやすいです。勝手知ったるって感じで」

「ふうん。頼もしいわね」

沙知子が目を細め、感心した面持ちを見せる。いつになく面差しが色っぽく感じられるのは、お酒が入っているせいなのか。

（やっぱり、こっちに帰って正解だったな）

幾太はしみじみと思った。あのまま東京に残っていたら、こんなふうに魅力的な女性と語らう機会なんて持てなかったであろう。

中国地方の山間部、四方をほぼ山に囲まれたここ「亀首村《かめくび》」は、広い面積の多くを山林が占める。人家は谷あいの盆地や山腹に三々五々固まり、大小の集落をこしらえるという、国内のそこかしこにある典型的な山村のひとつであった。

人口は二千人足らず。主な産業は林業と農業で、これといった観光資源はない。出身者や近隣のひとびと以外には、ほとんど知られていない村だ。

よって、これも他の多くの山村と同じく、人口減少と少子高齢化が進んでいた。まあ、これは山村に限らず、この国そのものの問題でもあるのだが。

ともあれ、確かに若い世代は少ないが、皆無ではない。幾太のように、村に戻る青年だっている。

終戦後、大都市で就職した地方の若者たちは高度経済成長を支え、金の卵と呼ばれた。もっとも、彼らはあくまでも企業にとって、都合のいい人材でしかなかったわけである。

時は流れて、現代は地方に戻る若者こそ、本当の意味で金の卵と呼ばれるべきかもしれない。地方を救う礎《いしずえ》となるからだ。

幾太も周囲から期待されていた。何しろ、小中学校のときから成績優秀。高校も県内で有数の進学校に入り、その後一浪したとは言え、東京の有名大学に進学したのだから。卒業後は故郷の亀首村に戻り、村役場に入った。

役場職員に大卒は少ない。まして東京の、しかも全国的に名前の知られた大学を出たなんてのは、幾太ただひとりだ。

よって、齢《よわい》二十三歳にして、村を背負って立つことを嘱望《しょくぼう》されるのも当然だ。いずれは村長になどと、気の早いことを口にする村民もいた。

同じ住民課の沙知子も、たびたび期待の言葉を口にした。先輩として仕事を教えてくれたときも、呑み込みの早さを褒めてくれた。そう時間をかけることなく、幾太は役場内の信頼を得られたようである。

しかしながら、彼はもともと、村に戻るつもりはなかった。

ふたり兄弟の長男であるが、継ぐべき家業も田畑もない。両親も家のことなら気にするなと、早いうちから子供の独立を奨励していたのである。

ちなみに、兄ほどではないが優秀な弟は、関西の大学で学んでいる。彼は卒業後も彼の地に残り、そこで就職すると宣言していた。

幾太も、東京で職を求めるつもりだった。ところが、やはり都会は性《しよう》に合わないと思い知らされ、都落ちしたのである。

生まれ育った地である亀首村を、決して嫌っていたわけではない。田舎《いなか》だし、不便なことは多くても、自然の豊かなふるさとが好きだった。

ただ、もの足りないところもある。若い女性が少ないということだ。

もちろん、まったくいないわけではない。同級生にだって異性はいたし、村に残る者もいる。

けれど、そのほとんどは家を継ぐ男たちの嫁になるか、自らが婿を取るかのどちらかだ。自由恋愛の対象になり得る絶対数が少なかった。

幾太は勉強ができる以外、これといって長所はない。見た目も平凡だし、こちらが好きになっても、異性のほうから好かれた経験はなかった。

十代でモテる男は見た目がいいか、運動ができるかのどちらかだ。両方に属さない人間は、指を咥《くわ》えてカップルを眺めるしかない。

幾太は得意な勉強を活かし、上京することにした。要は若い女性がたくさんいるところに行けば、自分にも彼女ができるのではないかと考えたのだ。

ときに下心が、能力を発揮する助けになることがある。現役合格こそ叶《かな》わなかったものの、幾太は一浪して志望大学に見事合格。望んだとおり、東京でキャンパスライフを送ることができた。

誤算だったのは、浪人時代も合わせて五年ものあいだ、ただの一度も女の子と付き合えなかったことである。

そもそも地元の女子とすら、幾太は親しく交流した経験がなかった。それよりも垢《あか》抜けて、いっそう大人びて見える都会の女性たちを前にすれば、話しかけるのすら気《き》後《おく》れする。これは性格に因《よ》る部分が大きかったし、田舎出身ということもコンプレックスになって、思い切った行動が取れなかったためもあった。

結果、期待したような嬉し恥ずかし男女交際はもちろん、童貞喪失もできぬまま、東京に見切りをつけたのだ。就職して住み続けても劣等感が増すばかりで、人格がねじ曲がりそうだったから。

加えて、正直なところ、都会の生活にも疲れていた。大勢の人間に揉まれて生きるよりも、田舎の牧歌的な暮らしが身の丈《たけ》に合っていると、ふるさとを離れて初めて気づかされたのである。

(ま、人生っていうのは、思いどおりにいかないものなのさ)

などとうそぶいても、負け惜しみでしかなかったろう。

「さ、飲んで」

沙知子がビール瓶を差し出す。幾太は恐縮して酌《しゃく》を受けた。

今夜は役場の若手――とは言っても、四十代まで含まれる――が集《つど》っての飲み会である。村で唯一の飲食店である「西田《にしだ》食堂」に、十名あまりが集っていた。六つあるテーブル席の、半分が彼らで埋まっている。

同じ住民課ということもあり、幾太は沙知子の隣に坐っていた。

彼女は三十四歳と、ひと回り近く年が離れている。けれど快活で、行動力も見た目も若々しい。笑顔がチャーミングで、そこまで年上という感じがしなかった。

また、少しも偉ぶらないし、気さくで面倒見が良い。幾太は弟しかいないが、姉がいたらこんな感じなのかと思うことがあった。

地元に戻って、最も親しくなった異性は沙知子である。しかしながら、恋愛の対象とはならない。年齢差が理由なのではなく、彼女は結婚しているのだ。

左手の薬指には、人妻の証《あかし》たる銀のリングが嵌《は》まっている。夫は県の職員とのことで、夫婦そろって公務員だ。

沙知子は村の出身で、夫は婿養子だと教えてもらった。ただ、県職員は異動が多く、今は村から離れた出張所に勤務している。こっちに帰ってくるのは、月に一、二回とのことだった。

それゆえ、飲み会にも気兼ねなく参加できるわけである。

「そう言えば、照井《てるい》さんは参加されてないんですね」

出席者をざっと見回し、何気に訊ねると、沙知子が「ええ」とうなずいた。

「誘ったんだけど、遠慮しときますって。前にも断られたし、お酒が好きじゃないのかも」

「臨時職員だから遠慮してるってわけじゃないんですよね？」

「それはないと思うけど。島野《しまの》さんだって臨時なんだし」

沙知子がチラッと視線を向けた先には、すでにできあがっているらしき、赤ら顔の男性職員がいた。そもそも、みんな地元出身であり、正規か臨時かにこだわるような職場ではないのだ。

「まあ、島野さんは遠慮するタイプのキャラじゃないけど。なに、照井さんが気になるの？」

沙知子の意味ありげな眼差《まなざ》しに、幾太はすかさずかぶりを振った。

「そういうんじゃないですよ。若手みんなで仲良くなりたいですし、話ができる機会を持てたらなと思って」

照井真季《まき》は二十五歳で、幾太のふたつ上だ。役場に勤める人間では、最も年が近い。

臨時職員の彼女は外回りを中心に、課を問わず雑務をこなしている。職場で顔を合わせる機会はあまりない。

だからこそ、こういう仕事外の場で親睦を深めたいのだと、沙知子に伝えたかったのである。

とは言え、それは彼の本音ではなかった。親しい人妻が勘繰ったように、真季のことが気になっていたのだ。

聡明さという点では、真季も周囲の評価が高かった。小学校では児童会長、中学校では生徒会長を務めた彼女は、高校は幾太と同じ進学校に入り、大学も東京の名門女子大に現役で合格した。

つまり、幾太と真季は、小学校から高校まで同じ学校に通ったわけである。

とは言え、学年がふたつ違えば、交流はほとんどない。中学と高校では、一年ずつしか重ならなかった。

にもかかわらず、幾太が真季を意識するようになったのは、率直に言えば美貌に惹《ひ》かれたからである。

一見クールな面差しは、山奥の村の出身とは思えないほど、洗練された雰囲気をまとっている。特に中学高校時代は、近隣の市町村にも名前の知られた、評判の美少女であった。

そのため、近寄りがたい印象を持つ者も少なくなかった。

幾太の同級生にも、確かに美人だけど冷たい感じがすると言った者がいた。成績優秀だからとても敵《かな》わないと、男たちからは敬遠されたようである。

幾太にとって、それはむしろ好都合であった。ライバルは少ないほうがいいに決まっている。

だからと言って、自分が真季の隣にいられる保証はない。思いを伝える勇気はなかったし、そもそも存在すら知られていない恐れもあった。仮に告白できたとしても、適当にあしらわれるのがオチだったろう。

要は一方的に思いを寄せるだけの、憧れの存在でしかなかったわけである。それでも幾太は諦めきれなかった。

東京の大学に進学したのは、異性を求めてだったのは間違いない。ただ、向こうで真季に会えたらという期待も少なからずあった。彼女は女子大だったため、同じ大学には入れなかったけれど。

ところが、幾太が浪人生活を始めて間もなく、たまたま郷里の友人に連絡を取ったところ、驚くべきことを聞かされた。なんと真季が大学を中退し、村に帰ったというのだ。

どんな事情でそうなったのか、今に至るもわからない。本人に訊ねればはっきりするのだろうが、親しくないのにプライバシーを詮索するのはためらわれた。家庭の事情でやむなくという可能性もあるからだ。

飲み会に真季が参加してほしかったのは、そのあたりのことを知りたかったためもあった。

「じゃあ、次の会のときには、淀川君が照井さんを誘ってみたら？」

沙知子の提案に、幾太は動揺した。

「お、おれが？」

「照井さんとは、高校も同じなんでしょ。東京の大学に入ったのもいっしょだし、淀川君の誘いなら、彼女も断らないんじゃないかしら」

「で、でも、特に話したこともないし、おれなんかが——」

そこまで言いかけたところで、

「お待たせしました。唐揚げです」

注文した料理がテーブルに置かれ、会話が中断される。

「ありがと。綾奈《あやな》ちゃんも飲まない？」

沙知子がビール瓶を手に勧めると、西田食堂の看板娘である西田綾奈は、朗らかにかぶりを振った。

「ダメですよぉ。あたしは仕事中なんですから」

愛くるしい笑顔の彼女は童顔で、幾太より年下に見える。けれど、実際は五つも年上の二十八歳だ。村の出身ではなく、県庁所在地の市から、西田家に嫁入りしたのである。

つまり人妻。よって、看板「娘」という呼び方は、相応《ふさわ》しくないかもしれない。

しかも結婚したのは、幾太がまだ高校生だった七年前のことだ。そのときから外見は変わっていない。

（綾奈さん、あのときは年上に見えたのにな……）

彼女を前にすると、自分だけが年を取ったような、不思議な気分に苛《さいな》まれる。

西田食堂を営むのは綾奈の義両親で、長距離ドライバーの夫は家を空けることが多いそうだ。おそらく不在の息子の代わりに、彼女は本当の娘のように可愛がられているのではなかろうか。忙しいときもニコニコして給仕をこなすのも、周りから愛されている由縁だろう。

沙知子も綾奈も、結婚していても夫と離れた生活をしている。村内には、そういう家庭が珍しくない。

なぜなら、村には地場産業以外の勤め先が少ないからだ。また、林業や農業に携わる者であっても、冬期は出稼ぎが一般的である。

男たちの勤め先は、だいたい都市部になる。あいにく交通の便が良くないため、彼らが家に帰るのは休みのときに限られてしまう。

幾太が子供の頃から、男たちは妻子を村に残し、街へ出て働くという傾向があった。近年、ますます増えているようである。役場勤めで、しかも住民課にいると、そういう家庭の事情が耳に入るのだ。

（ていうか、魅力的な女性は、みんな結婚しているんだよな……）

綾奈も年上であるが、もしも独身なら是非お嫁さんにしたい。可愛いし、気立てもいいし、働き者だ。彼女の夫がどうやって射止めたのか知りたくなる。

ともあれ、独身の若い女性が少ない村の現状に、帰郷を早まったかもしれないと、幾太は今さら後悔した。いずれは真季も結婚するか、あるいはまた村を出て、都会に行ってしまう可能性もゼロではない。

（次の飲み会は、思い切っておれが誘ってみようか）

同じ高校だし、後輩のお願いなら、彼女も無下にできないのではないか。そうして少しでも交流を持てば、距離が縮まるかもしれない。何の用事もないのに声をかけるのは難しいが、飲み会という口実があれば勇気が出せそうだ。

頑張らなくちゃと、幾太は自分を励ますつもりで、コップのビールを飲み干した。

「あら、ようやく調子が出てきたみたいね」

沙知子が頰を緩め、ビールを注いでくれる。それから、

「綾奈ちゃん、ビール追加ね」

看板人妻に注文する。

「はーい。喜んで」

明るい返事が、宴席をいっそう盛りあげるようだった。

2

飲み会は午後九時過ぎにお開きとなった。

これが都市部なら、二次会へと繰り出すところである。他に店のない田舎では、そういうわけにはいかない。西田食堂も閉まるから、家に帰るしかなかった。

「ねえ、もうちょっと付き合ってくれない？」

外に出たところで、幾太は沙知子に声をかけられた。

「え、どこかに行くんですか？」

訊ねると、彼女は首を横に振った。

「ううん。帰るんだけど、まだ飲みたい気分なの。だけど、ひとりで飲むのは寂しいから、淀川君さえよければ、ウチに来てほしいんだけど」

そういうことかと納得し、「いいですよ」と安請け合いする。幾太とて、帰っても自室でひとり過ごすだけだし、それよりは異性と一緒のほうがいい。

たとえ人妻であっても。

「じゃ、決まりね」

沙知子が愉《たの》しげに口許《くちもと》をほころばせる。アルコールが入ったせいか、いつになく色っぽい。

おかげで、幾太も胸がはずんだ。

岸端家は村の中心からはずれるものの、歩いて二十分もかからなかった。酔い覚ましにちょうどいいぐらいだろう。

まあ、また飲むのであるが。

「さ、入って」

「お邪魔します」

迎え入れられた家は、昭和の雰囲気を色濃く残す佇《たたず》まいで、なかなか立派だ。築年数はけっこうありそうながら、改築されていて古さは感じない。

そもそも田舎の家は、間取りに余裕がある。西日本は畳も京間で、サイズが大きい。一般の住宅を比較すれば、部屋ひとつ取っても都会より広いのだ。

その岸端家に住むのは、沙知子と婿養子の夫、それから還暦を過ぎた実母の三人だけとのこと。父親は数年前に亡くなったそうだ。

（つまり、普段はお母さんとふたりだけってわけか）

子供は作らないのかなと、幾太は思った。

今は初産の年齢が上がっていると聞くが、沙知子は三十四歳だし、そろそろと考えているのではないか。ほとんど別居しているような状態ゆえ、夫の勤務先が近くになって、一緒にいられる時間が長くなるのを待っているのかもしれない。

（だけど、今だって旦那さんが帰ってきたら、セックスをするんだよな）

いつも離れているぶん、激しく求め合うのではないか。などと、男女の行為を知ったばかりの少年みたいなことを妄想する。これも童貞ゆえなのか。

おかげで同僚であり、先輩でもある彼女が、女という生々しい存在に取って代わる。

幾太は息苦しさを覚えた。

（おれ、酔ってるのか……？）

沙知子の家まで歩いて、けっこう醒《さ》めた気がしたのに、まだアルコールが残っていたらしい。そのせいで、妙なことを考えてしまうようだ。

通されたのは、ダイニングキッチンであった。お母さんにご挨拶をと申し出たが、いつも九時過ぎには床に就くと言われたので、見合わせることにした。

「何もないけど、もう充分に食べたからいいわよね」

沙知子に言われて、幾太は「はい、おかまいなく」と答えた。西田食堂で締めにラーメンも食べたから、ほぼ満腹だった。

食卓に漬物とさきイカ、それから缶酎ハイが出される。

「それじゃ、あらためて乾杯」

「ご馳走になります」

ふたりは向かい合わせで坐ると、ロング缶を軽く合わせた。よく冷えた酎ハイを喉に流し込み、同時にふうと息をつく。

「いつも晩酌をされるんですか？」

幾太が訊ねると、沙知子は「んー」と首をかしげた。

「たまに母さんと飲むことはあるけど、普段はほとんどないわね。旦那が帰ったときには、ふたりでビールを二本ぐらい空けるかな」

「そうなんですか」

飲んだあと、ほろ酔い気分でベッドインをするのかと、またいやらしいことに頭が向きかける。

「でも、今夜みたいに飲み会があると、不思議とたくさん飲めちゃうのよね」

酎ハイに口をつけた人妻が、不意に難しい顔を見せる。

「実はね、淀川君に相談したいことがあるの」

唐突に言われ、幾太は目をぱちくりさせた。

「え、相談？」

後輩である自分が頼るのならまだしも、こっちは年下でしかも独身なのに、人妻の悩みに応えられるとは思えない。

「淀川君は夜這《よば》いって知ってる？」

予想もしなかった質問をされ、幾太は面喰らった。話の繋《つな》がりがまったく見えないまま、

「夜這――え、ええ、まあ」

戸惑いつつもうなずくと、沙知子は食卓に身を乗り出した。

「どのぐらい知ってるの？」

「どのぐらいって……えと、夜中に男性が、女性の部屋に忍んでくるみたいな」

「それだけ？」

物足りなさそうな顔をされ、幾太は肩をすぼめた。

「まあ、本で読んだだけなので」

大学も文学部だったし、もともと読書好きなのだ。夜這いについても、多くの本を読み囓《かじ》る中で得た知識に過ぎない。

「じゃあ、この村でも夜這いが行われていたのは知ってる？」

幾太は「いいえ」と首を横に振ったものの、事実だとしても驚きはなかった。かつては多くの田舎で夜這いがあったと、ものの本に書いてあったからだ。

それに、中国地方の山村で戦前に起こった大量殺人事件も、もとは夜這いによる痴情のもつれが発端だったはず。ミステリーが好きで、犯罪の実録ものも好んで読んだから知っている。

そんなふうに、決して遠くない地域の語り草となっている事件にも、夜這いが関係しているのだ。故郷に同じ風習があっても不思議はない。

とは言え、両親すら生まれていない時代の話である。我が村のことであっても、実感するにはほど遠かった。まして童貞で、行為そのものも未経験なのだから。

しかし、沙知子によれば、そこまで昔のことではないらしい。

「亀首村は、夜這いの習慣が近年まで残っていたの。戦後の高度経済成長のあとぐらいまでね」

「え、本当ですか？」

幾太はさすがに驚いた。もちろん自分も、それから沙知子だって生まれる前のことであるが、遠い過去の出来事ではない。

「さすがにそんなことは、村史にも書かれてないわ。だけど、夜這いがあったおかげで、この村は諍《いさか》いも犯罪もない、平和な村だったのは間違いないみたいね」

夜這いをするとどうして平和になるのか。まったくもって理解不能だ。むしろ不貞関係から、いざこざや修羅場が生じるのではないか。

その疑問が顔に出たのか、訊ねずとも沙知子が説明してくれる。

「人間がよからぬ行動をするのは、根底に満たされないもの、つまり不満があるからよ。これは男も女も変わらないわ。特にセックスの欲求不満は、性犯罪に限らず悪事の根源になるの」

その論で言えば、異性との交際経験が一切ない自分は、犯罪者予備軍ということになる。さすがに極論過ぎると思ったものの、幾太は黙って聞いていた。へたに反論したら、童貞であるとバレる気がしたのだ。

もっとも、露骨な言葉を口にされ、胸の鼓動はかなり速くなっていた。

「だけど、夜這いが風習として認められていれば、男はちゃんと欲望が発散できるから、悪事に走らなくて済むわけ。もちろん、無理やりはダメよ。夜這いっていうのは、女性が受け入れることが前提なんだから」

そんな都合のいい女性がいるのかと首をかしげつつ、そうなったらいいなという思いもある。

(夜這いがOKなら、おれだってすぐに初体験ができるんだよな)

童貞というコンプレックスがなくなれば、仕事のときも他者との交流でも、堂々と振る舞えるであろう。なるほど、プラスになる面がけっこうありそうだ。

「それから女性のほうだって、欲求不満が解消されて、生き生きとした毎日が送れるはずよ。この村は今もそうだけど、昔から出稼ぎの男が多かったから、あれこれ持て余す女性がけっこういたみたい」

「……そうなんですか？」

「ええ。つまり、やりたい男とされたい女がいて、需要と供給――じゃないか、利害が一致したってことよ。夜這いの風習は、男女双方にとって都合がよかったのね」

利点を説く先輩女子に、幾太はもしやと訝《いぶか》った。

(てことは、岸端さんも旦那さんが出稼ぎに行っているようなものだから、欲求不満なのかな?)

失礼な想像をすぐに打ち消せなかったのは、彼女がこんな話を始めた意図を察したからだ。

(まさか、おれに夜這いをするよう持ちかけるつもりなんじゃ――)

すでにお宅に入り込んでいるのだから、第一関門は突破している。あとは女体に入るだけだと、品のないことを考えて落ち着かなくなった。

「もちろん、今の世の中じゃ、夜這いなんて絶対に認められないけどね。時代にそぐわないし、特に女性側からの反発が大きいと思うわ。女を性処理の道具だと思ってるのかって」

取り繕《つくろ》うみたいに言われても、裏があるのではないかと勘繰ってしまう。

「あの、それで、おれに相談したいことって何ですか?」

本題に入ってほしくて、幾太は問いかけた。期待に胸をふくらませて。

するると、沙知子がハッとしたように表情を堅くする。

「あ、うん……」

気まずげに目を逸《そ》らしたから、やっぱりそうだと確信する。さすがに夜這いをしてほしいなんて、簡単には頼めまい。

それでも、ようやく決意が固まったらしく、口を開く。

「あのね、変な話だから、引かないで聞いてほしいんだけど」

「は、はい」

「わたし……このあいだ夜這いされちゃったの」

予想もしなかったことを告げられ、幾太はきっちり五秒は固まった。頭の中もフリーズしてしまう。

(……え、今なんて?)

ようやく思考が戻っても、彼女にいったい何があったのか、ちゃんと理解できなかった。

「あの、夜這いっていうと、誰かがこの家に忍び込んできたってことですか?」

「ええ」

「それで、何か盗んでいったとか」

あるいは泥棒を夜這いと表現したのかと、思いたかったのである。職場で親しくしている女性が、性的な被害に遭《あ》ったなんて信じたくなかった。

「盗んだっていうか、まあ……されちゃったわけだけど」

濁した言い回しではあったが、これではっきりした。彼女は侵入者に犯されたのである。

「だ、だったら警察に――」

幾太はうろたえつつも進言した。目頭が熱くなったのは、被害者である人妻の気持ちを慮《おもんぱか》って悲しくなったのと、猛烈に怒りが湧いたためだ。

ところが、沙知子がかぶりを振って執り成す。

「ああ、そこまでするようなことじゃないの」

「え？」

言われて、彼女の面差しが少しも深刻そうではないことに気がつく。ということは、未遂で終わったのだろうか。

「それじゃあ、何もされなかったんですか？」

「ううん。最後までしたわよ」

「だ、だったら、レイプじゃないですか」

「違うのよ。だから言ったじゃない。夜這いだって」

「どういうことなんですか？」

これに、幾太はますます混乱した。

「つまり、わたしはそのひとを受け入れたの」

「受け入れたって……じゃあ、知っているひとだったんですか？」

「ううん。顔は見えなかったけど、たぶん知らないひと」

「え、顔が見えなかったって？」

「わたし、目隠しをされてたの。それに、両手を縛《しば》られていたから」

拘束《こうそく》されて目隠しまでされた挙げ句、見知らぬ相手とセックスをしたのだ。それが
レイプではなく夜這いだとは、いったいどういう了見なのか。

「あの……抵抗しなかったんですか？」

疑問を口にすると、沙知子は「最初はね」と答えた。

「だけど、無理だったの。抵抗できなくなったのよ」

「それって、脅されたからですか？」

「ううん。気持ちよかったから」

「は？」

「もう、前戯からすごくって、感じるところをどんぴしゃで攻められて、わたしは欲しくてたまらなくなったの。挿《い》れられたあとは、何度もイカされたわ。あんなに感じたの、初めてじゃないかっていうぐらいに」

つまり、そいつがかなりのテクニシャンだったために、誰だかわからないままイカされまくったというのか。夜這いされて受け入れたというより、快感に抗《あらが》えなかったというのが本当のところのようである。

そのときのことを思い出したのか、人妻が遠い目をする。うっとりしたふうに頬を緩めた。

色っぽい面差しと淫らな告白に、幾太は股間の分身を膨張させた。

(岸端さんって、真面目なひとだと思ってたのに……)

夫ではない男に弄《もてあそ》ばれ、簡単に許してしまうなんて。もともと性的なことにおおらかというか、奔放だったのか。

まあ、それだけ満足させられたということなのだろう。

(だけど、どうしてそんな話をおれにするんだ？)

理由はともかく、受け入れたのなら問題はない。わざわざ同僚に打ち明けなくてもいいはずだ。しかも、相談があるなんて前置き付きで。

「じゃあ、通報しないんですね？」

「ええ」

「つまり、これといって問題はないと」

当てつけるみたいに言うと、沙知子が不満げに唇を歪める。

「そんなことないわ。だって、あれが誰だったのか、未だにわからないだから」

「だけど、そいつを訴えないのなら、知る必要はないですよね」

「ダメよ。あんなに感じさせてくれたひとなんだもの。わたしは知りたいのよ」

知ってどうするのだろう。まさか、今度は自分から、そいつに夜這いを仕掛けるつもりでいるのか。

幾太はあきれたものの、さらに理解に苦しむお願いをされることとなる。

「そういうわけだから、淀川君、よろしくね」

「え、何ですか？」

「夜這いした男を見つけてちょうだい」

「ど、どうしておれが⁉」

「こういうのは、頭のいいひとに頼むのがスジってものでしょ」

そんなスジは聞いたことがない。

「それに、淀川君はミステリーが好きだって言ってたじゃない。明晰《めいせき》な頭脳を活かして、是非とも夜這い男を見つけ出してね。期待してるわ」

勝手に決められても困る。けれど、沙知子は完全に任せる心づもりのようだ。

これが他のお願いだったら、先輩のためにひと肌脱ぐ気にもなろう。しかし、彼女と関係を持ち、しかも忘れられないぐらいに感じさせた男を捜すなんて、正直引き受けたくなかった。

さっき、もしかしたら誘われているのかと早合点したとき、幾太は沙知子に童貞を捧げる決心がついていた。人妻でも、一夜限りの関係なら問題はない。むしろ、年上で経験のある彼女に、優しく導いてもらえるのではないかと期待したのだ。

ところが、彼女が求めているのは別の男だった。夜這い犯が判明すれば、そいつとまた関係を持つかもしれない。

そんな手助けなどしたくない。嫉妬心が胸に湧きあがる。

「そういうことだから、さっそく始めましょう」

沙知子が腰を浮かせたものだから、幾太はきょとんとなった。

「え、始めるって？」

「捜査の第一歩は証拠集めでしょ。まずは現場検証をしないと」

浮かれたふうな笑顔に困惑する。彼女は本当に、後輩を探偵として雇う気でいるらしい。

おまけに、事実を暴きたくてうずうずしているのが見て取れた。

(かなり悪ノリしてるみたいだぞ)

これも酔っているせいなのか。幾太はやれやれと思いつつ、人妻に続いて立ちあがった。

3

ふたりは夫婦の寝室がある二階へ向かった。

沙知子は普段からパンツスタイルが多い。今日はベージュのスリムタイプであった。豊かに張り出したヒップに、むっちりした太腿《ふともも》。それら女らしい曲線があからさまな上に、下着のラインも浮かんでいる。彼女のあとから階段を上がれば、自然とそれを目にすることになる。

(岸端さんって、けっこういいカラダをしてるんだな)

などと露骨な品定めをしてしまったのは、先輩である人妻を女として意識したからだ。夜這い男にイカされたなんて、あられもない告白を聞いたせいで。

セクシーな眺めに煽《あお》られて、中途半端にふくらんでいたペニスが伸びあがる。完全勃起に至る前に、二階へ到着した。

「ここよ」

引き戸を開けて寝室に入ると、十畳ほどの和室には、低いベッドが置かれていた。ダブルサイズよりも大きそうで、ここで夫婦の営みがと、またいやらしい想像をしそうになる。

「わたしはここで寝ていたの」

沙知子が説明する。もちろん、そのときはひとりだったわけだ。

夫があまり帰っていないからなのか、室内は彼女自身のかぐわしい香りが満ちている。幾太は悩ましさを覚えつつも、

「夜這いされたのは、何時頃だったんですか？」

ここまで来たら徹底的に調べてやれと思い、質問した。

「たぶん、午前一時か二時ぐらいだったんじゃないかしら。わたしは気持ちよすぎて気を失ったし、あとは朝までぐっすりだったから、正確なところはわからないけど」

絶頂疲れもあったのか、朝まで熟睡したらしい。目隠しをされていたというから、

時計も見られなかったのだろう。ただ、深夜だったのは間違いないらしい。

「じゃあ、そいつは岸端さんに気づかれないように、部屋に入ってきたわけですね」

「そういうことになるわね。わたしも母さんも、一度眠ったら余っ程のことがない限り起きないから」

「てことは、玄関の鍵《かぎ》は？」

「締めてないわ」

沙知子が悪びれることなく、あっさり答える。こういう田舎では、きちんと戸締まりをする家のほうが珍しい。幾太の実家も、長いあいだ留守にするときを除けば、施錠などしなかった。

おかげで夜這い男は、難なく人妻の部屋へ入れたわけである。さりとて、不用心だなんて責められない。

「じゃあ、岸端さんが目を覚ましたときには、すでに目隠しをされて、両手も縛られていたんですね」

「そうなの。目が覚めたのも、すごく気持ちよかったからなのよ」

熟睡が当たり前の人妻を起こしたぐらいだから、かなりの快感だったと推察できる。もっとも、未だ女性経験のない幾太には、雲を摑《つか》むような話だ。

「じゃあ、そのときを再現するわね」

「え？」

「そうすれば、犯人がどんな人間か、プロファイルできるんじゃないかしら」

彼女はミステリードラマのファンなのだろうか。夜這い犯を突き止めたいのは確かなようでも、捜索するプロセスを愉しんでいるフシがある。

とりあえず、納得するまで付き合えばいいかと思っていると、沙知子が洋服ダンスのほうに足を進める。そこから取り出したのは、バスローブ用の紐《ひも》であった。

「あのときもこんな感じの紐で縛られていたと思うわ。柔らかくて、けっこうしっかり縛られていたのに、痛くなかったから」

「朝になって起きたときには、もう紐はなかったんですか？」

「ええ。あと目隠しも。あれはたぶんアイマスクね」

そうすると、拘束するためのものを、夜這い犯は持参していたというのか。人妻が絶頂して失神したあと、それらを持ち帰ったようである。

「それじゃ、犯行を再現しましょ」

夜這い男を訴えるつもりはないと言っておきながら、犯行などと物騒な言い回しを用いるとは。

（やっぱり面白がっているみたいだぞ）

そのとき、ふと疑惑を抱く。もしかしたら、夜這いされたというのは作り話ではないのかと。幾太がミステリー好きなのを思い出し、余興か何かのつもりでこんなことを始めた可能性がある。

（岸端さん、けっこう飲んでたものな）

とどのつまり、酔った上での戯《ざ》れ言《ごと》か。村に夜這いの風習がずっと残っていたというのも、いかにも眉唾《まゆつば》だ。

そのため、付き合う気が失せてきたものの、沙知子がいきなり下半身の衣類に手をかけたものだから仰天した。

（え、えっ！）

うろたえる後輩男子を気にかけることなく、ベージュのボトムを脱ぎおろす。水色の清楚なパンティと、むちむちした太腿が大胆に晒《さら》され、幾太は目を瞠《みは》った。

異性との交際経験がない上、風俗にも行ったことがない。ナマ身の女性のあられもない姿を見るのは初めてだった。

しかも、彼女は職場でいつも顔を合わせる、身近な女性だ。やけに生々しいのに、これは現実なのかと夢でも見ている気分だった。

（……岸端さん、何だってこんなことを？）

混乱する幾太の前で、沙知子はブラウスも脱ぎ、さらにブラジャーもはずす。

たふん――。

手に余りそうなふくらみが、上下にはずんで現れる。おっぱいまで見せられて、さすがに幾太も黙っていられなくなった。

「な、何をしてるんですか？」

絞り出した問いかけに、人妻は恥じらう様子も見せず首をかしげた。

「言ったじゃない。犯行の再現をするって」

ということは、夜這いされたときの状況そのままの姿になるというのか。

そこまでする必然性を見いだせなかったものの、彼女はそうするものと気持ちを固めているらしい。ベッドの上にあったパジャマの上着に袖を通すと、掛け布団をめくってシーツをあらわにした。

「いつもそんな格好で寝てるんですか？」

間が持てずに訊ねると、沙知子はベッドに横たわりながら「そうね」と答えた。

「寒くなったらパジャマのズボンを穿くけど、今ぐらいの気候なら、下はパンツだけでベッドに入るわ」

暑いからそうしているのだろうが、夜這い男にとっても好都合だったに違いない。一枚脱がす手間が省けたのだから。

「もちろん、パジャマのボタンはちゃんと留めるわよ。あの晩、わたしが目を覚ましたときにははだけられていたから、そうしているの」

「はあ……」

「どうしたの、ぼんやりして。女のハダカなんて見慣れてるんじゃないの？　東京で若い子とたくさん遊んだから、わたしみたいなオバさんのカラダを見ても、何も感じないでしょ」

言われて、沙知子がここまで大胆に振る舞える理由がわかった。東京の大学を出た若者が、すでに女を知っていると思い込んでいるのだ。それも、都会の綺麗どころを相手にして。

仮にそうだとしても、美しい熟女のあられもない姿を見せつけられて、どうして平気でいられようか。はだけられたパジャマから、ワイン色の乳首がチラチラと覗いているというのに。

(自分がどれだけ魅力的なのか、わかってないのか？)

田舎のご婦人たちは、だいたいが開けっ広げである。下着や肌を見られても、あまり気に留めない。

沙知子も山間の地で暮らしているため、そんな年でもないのに早くもオバチャン化して、羞恥心を失っているのだろうか。それとも、幾太が十歳以上も年下だから、性的な目で見られることはないと決めつけているのか。

「それじゃ、これで縛って」

そう言って、彼女がバスローブの紐をこちらに放る。咄嗟《とっさ》に受け取ったものの、幾太は何をどうするのか、すぐにはわからなかった。

「え、縛る?」

「あの晩、わたしがされたように拘束してちょうだい」

そこまでするのかという思いがいよいよ強まる。けれど、熟女の匂い立つような肢体を目の前にして、昂《たかぶ》りが天井知らずにこみ上げていた。

(岸端さんを、縛る――)

SMっぽいことへの興味などまったくなかったのに、沙知子の自由を奪って弄びたい衝動に駆られる。

いや、彼女はそうされるのを望んでいるのだ。たとえ、単なるシミュレーションであったとしても。

仰向《あおむ》けになった沙知子が両手を頭上に挙げ、ヘッドボードを摑む。そこは柵のようになっており、紐を通して結わえられたらしい。

幾太は喉の渇きを覚えつつ、ベッドに上がった。

成熟した女体のかぐわしさに、悩ましさが募る。肌が露出している上に、シーツや枕に染み込んだぶんも合わさっているのではないか。部屋に入ったときに嗅いだものより、いっそう濃密であった。

おかげで、股間のイチモツがはち切れそうに膨張する。

幾太は沙知子の頭の横に膝をつき、両手首をヘッドボードに固定した。彼女の視界には、欲情の証たるテントが入っているはず。

何も言われないのを幸いと、手早く作業を終わらせる。

「これでいいですか？」

離れてから確認すると、沙知子が身をくねらせた。

「うん。こんな感じだったわ」

紐がほどけないのを確認し、わずかに表情を強《こわ》ばらせる。拘束されて、さすがに緊張したのだろうか。

幾太のほうも、理性を保つのが困難になっていた。彼女が動いたことで、パジャマの前が完全にはだけてしまったのだ。もはやパンティ一枚の裸体を晒しているも同然である。

「あ、そうだわ。目隠し」

沙知子が思い出し、頭をもたげて室内を見回す。

「アイマスクはないし……淀川君、タオルを取ってもらえる。洋服ダンスの引き出しに入ってるから」

「あ、はい」

ベッドから降りて、幾太は言われたところを探した。タオルはすぐに見つかり、それを彼女の頭に巻いて、アイマスクの代わりにする。

「うん。これであの晩と同じになったわ」

なぜだか嬉しそうに声をはずませた人妻に、幾太は今さら戸惑いを覚えた。

(ていうか、これから何をするんだろう?)

彼女は犯行を再現すると言った。同じように拘束されて、それでおしまいとはなるまい。

すると、沙知子からとんでもない指示が出される。

「それじゃあ、最初はおっぱいからね」

「え？」

「あの日、おっぱいを吸われたのが気持ちよくて、わたしは目を覚ましたの」

どうやら彼女は、夜這い犯にされたことを、この場で実行させるつもりのようだ。

そんなことをして正体が判明するとは思えなかったものの、幾太にとっては願ってもない展開である。

「い、いいんですか？」

前のめり気味に訊ねると、沙知子が「もちろんよ」と答えた。

「わたし、あの晩のことをよく思い出したいの。同じことをされれば記憶が蘇《よみがえ》って、夜這い男の手掛かりが摑めるかもしれないでしょ」

そんなにうまくいくのかと、疑問は残るが、本人がそうしてほしいと求めているのだ。断る筋合いはない。

「じゃ、じゃあ、やります」

幾太はグピッと喉を鳴らし、彼女の隣に膝をついた。仰向けでもふっくらと盛りあがった乳房の真上から、徐々に顔を近づける。

甘酸っぱい香りが鼻腔に流れ込む。仕事と飲み会のあとで、いくらか汗ばんでいたのではないか。有りのままのパフュームが好ましい。

それに惹かれるように、小指の先ほどの突起に唇をつける。

「ンふ」

沙知子が息をこぼし、柔肌をピクンと波打たせた。

母親のおっぱいを吸って以来となる乳頭は、軟らかめのグミみたいだった。舌を当てると、ほのかな甘みが感じられる。

（ああ、美味《おい》しい）

気がつけば、幾太はチュウチュウと音を立てて乳首を吸っていた。幼子の記憶が蘇ったかのように。

「ん……ああ」

人妻の喘ぎ声が耳に入る。感じてくれているのかと嬉しくなったとき、

「そ、それじゃダメよ」

焦《じ》れったげに注文をつけられた。

「吸うだけじゃなくて、もう一方も指でクリクリしてちょうだい」

実際に夜這い男が、左右を同時に愛撫したのか。それとも、彼女自身がそうされたかったのかはわからない。とにかく、幾太は望まれるままに、空いていた側の乳首を指で摘《つ》まんだ。

「くぅうーン」

沙知子が仔犬みたいに啼《な》き、身を震わせる。反応がいっそう艶《つや》めいて、幾太の胸ははずんだ。

（おれ、女のひとを感じさせてるんだ！）

初めて女体と接したのに、いやらしい声をあげさせている。男としての自信が漲《みなぎ》るようで、愛撫にいっそう熱が入った。

最初はぷにぷにして頼りなげだった乳頭が、硬くなって存在感を際立たせる。それによって快感も高まったのか、洩《も》れ聞こえる声が大きくなった。

「ああ、あ、いやぁ、あ、ふふふふぅ」

階下で眠っている彼女の母親に聞こえないかと心配になる。もっとも、夜這いされたときだって、娘が失神するまで責め苛まれたのに、気づかなかったらしい。一度眠ったら朝までぐっすりだというし、きっと大丈夫であろう。

ただ、同じく熟睡派の沙知子は、夜這い犯の愛撫で起こされたのだ。それだけの快感を与えられたわけである。

ならば自分も負けていられないと、童貞でありながらハッスルする。足りない経験を知識と頭脳でカバーするべく、女体の反応を見極めながら、舌の動かし方や吸う強さを工夫して、より感じる方法やポイントを模索した。

その甲斐あって、熟れたボディがいやらしくくねりだす。

「くううう、そ、それいいッ」

性の歓《よろこ》びを知った人妻に、あられもない声をあげさせることで、方法が間違っていないのを悟る。

ただ吸うのよりも、乳首を舌で転がされたほうが、沙知子は快《こころよ》いようだ。途中で口と指を交代させると、また声のトーンが変化する。向かって左側のほうが、より敏感なのだとわかった。

見ると、乳房の谷間に細かな露《つゆ》がきらめいていた。歓喜にひたってからだが火照《ほて》り、汗ばんだのか。たち昇る肌の匂いも、濃密さを増してきた。

（これが女性のからだなのか……）

アダルトビデオなどでは、到底知り得なかった生々しさ。妙に好ましくて、いよいよ大人への階段をのぼった気がした。

4

「お、おっぱいだけじゃダメ」

沙知子が切なさを隠さずに訴える。息づかいがかなり荒くなっていた。

「夜這いされたとき、からだのあちこちを撫でられたの。脇腹とか、腿とか。あと、首も舐《な》められたわ」

夜這い犯はかなりのテクニックを駆使したらしい。幾太は対抗心を燃やし、だったらこれはどうかと、乳房のあいだに溜まった汗を舐めた。

「あひッ」

鋭い嬌声《きょうせい》とともに、成熟したボディが反り返る。柔肌がピクピクと痙攣《けいれん》したものだから、幾太は驚いた。

(え、こんなことでも感じるのか？)

もともと性感帯というわけではなく、愛撫によって肉体が敏感になったのではないか。尚もペロペロと汗の塩気を味わえば、裸身がウナギみたいにくねった。

「くううう、く、くすぐったいぃー」

それればかりでもないふうに、声がなまめかしい響きを帯びる。

味がなくなるまで柔肌を味わってから、幾太は舌を上に向かって移動させた。舐めるだけでは芸がないと、脇腹を指先のソフトタッチで撫でながら。

「あ、あ、くううう」

身悶える人妻の、鎖骨《さこつ》の窪みに溜まった汗も舐め取る。もはや夜這いの再現ではなく、幾太が思うままに女体を愛撫する展開になっていた。そのことに、どちらも疑問を抱くことなく。

沙知子の首にも、細かな汗が滲《にじ》んでいた。舌を左右に動かしながら舐めあげると、呼吸がハァハァとはずむ。

彼女の温かな息に、アルコールの匂いはほとんど感じられなかった。半開きの唇からこぼれるそれは、甘ったるくてかぐわしい。

そのせいで、どうしようもなくキスがしたくなった。

許可を求めても、拒まれる気がする。だったら、何も言わずに唇を奪えばいい。目隠しをしているから、するまで沙知子は気づかないはずだ。

（でも、さすがに叱られるかな？）

おっぱいは吸わせても、くちづけは別だと考えているかもしれない。一度は諦めようとしたものの、幾太は我慢できなくなった。キスも未経験だし、この機会を逃したら、次はないかもしれない。

(ええい。叱られたっていいや)

なりふり構っていられないと、唇を重ねる。その瞬間、人妻のからだが強ばった。

(あ、まずかったかな)

抵抗されるかと思えば、沙知子はそのままじっとしていた。小さくはずむ呼気が、唇の隙間から入り込んでくる。

そのため、幾太も動けなくなった。

(おれ、キスしてるんだ)

ファーストキスの感激も、彼女の反応がないものだから、宙ぶらりんになってしまう。こんなことになるのなら、やっぱりやめておけばよかったかと後悔したとき、いきなりヌルリと侵入してくるものがあった。

それが舌だとわかって、今度は幾太が固まった。

キスのときに舌を絡ませることぐらい、いくら童貞でも知っている。けれど、初めてなのにそこまでされるとは思わなかった。

(あ、そうか。岸端さんは、おれが経験者だと思ってるんだ)

だったら、もっと堂々と振る舞えばいい。幾太は思い切って舌を差し出し、沙知子のものに触れあわせた。

「ンふ」

彼女が吐息をこぼす。歓迎するように、舌を深く絡ませてくれた。

半開きの唇がぴったりと重なる。幾太は鼻がぶつからないように、無意識に顔を斜めにした。それにより、密着の度合いがいっそう増す。

あとは鼻息を荒くしながら、舌で口内を探索するのみ。

(これが本当のキスなんだ!)

感激と感動で胸が震える。二十三歳にして、ようやく体験できたのだ。

ニュルニュル……ぴちゃッ——。

戯《たわむ》れあう舌が、小さな水音を立てる。人妻の唾液は甘く、嬉々として喉に落としたのだろうか。

幾太は、うっとりする酔い心地にひたった。彼女が飲んだアルコールが含まれていたのだろうか。

くちづけを交わしながら、手探りで乳頭もいじる。沙知子が「むふッ」と鼻息をこぼし、身をしなやかにくねらせた。

(さっきよりも感じてるみたいだぞ)

キスによって性感が高められたのか、柔肌がピクピクとわななく。突起もすぐ硬くなり、側面を摘まんでこすると、「むーむー」と切なげに呻《うめ》いた。

「ぷは――」

息が続かなくなったらしく、沙知子が頭を左右に振ってくちづけをほどく。ハァハァと気ぜわしい呼吸を繰り返した。

「……反則よ」

やるせなさげな声でなじられる。幾太は意味がわからず、きょとんとなった。

「夜這い男は、キスなんてしなかったのよ」

その晩の出来事を再現するはずだったのに、やりすぎだと非難しているのか。ならば、すぐに拒めばよかったのである。

(岸端さんのほうから、舌を入れてきたのに)

しかしながら、彼女は本心から怒っているわけではないらしい。唇の感触を名残惜しむみたいに、やけに赤い舌で唇を舐めたのだ。

「じゃあ、そいつは次に何をしたんですか?」

問いかけに、沙知子はすぐ答えなかった。目は見えていないけれど、タオルの下で迷うように動かしているのではないか。

「あ……アソコを――」

早口で言い、唇を歪める。快感の本丸を愛撫させるのは、さすがに恥ずかしい様子である。

それでも、キスと愛撫でその気になった肉体は、羞恥よりも快楽希求に軍配を上げたようだ。

「ほら、早く」

と、年下の男を促したのだから。

いよいよ女性の秘められたところに触れられるのだ。幾太は心臓を壊れそうに高鳴らせ、右手を彼女の中心へと移動させた。

（え、こんなに？）

思い切って触れたクロッチは、お湯を吸ったみたいにぐっしょりと湿り、しかも熱かった。欲情の証を確認して、軽い目眩《めまい》を覚えるほどに昂奮《こうふん》する。

「くううう」

ほんの軽いタッチにも、沙知子は鋭い反応を示した。腹部を波打たせて呻き、両腿をギュッと閉じる。

（やっぱりここは敏感なんだな）

腿を閉じられても、指は動かせる。女体の構造上、完全に隙間を無くすことは不可能らしい。幾太は内部のミゾをなぞるようにこすった。

「ああ、あっ、いやぁあああっ」

嬌声がほとばしる。快感が抵抗する力を奪ったようで、太腿の締めつけが緩んだ。

いや、もっといじられたくなったのか。

ならばと、指をさらにめり込ませ、布越しに恥裂をほじる。内側に溜まっていた愛液が染み出したのか、湿り気がいっそう著《いちじる》しくなった。

「あ、あ、あふっ、ダメぇ」

煽情《せんじよう》的なよがり声が、耳の中で反響する。幾太の全身は熱く火照った。

(いやらしすぎるよ……)

熟れた色気に当てられて、ペニスをしごいてもいないのに爆発しそうだ。

「ね、ねえ、脱がせて」

沙知子がせがみ、艶腰をくねくねさせる。直《じか》にポイントを刺激してほしいのだ。

幾太もそうしたいと願っていた。ネットの無修正画像でしか目にしたことのない女性器の、実物を拝めるのだから。

いったん身を剝《は》がし、彼女の下肢を膝立ちで跨《また》ぐ。淡いブルーのパンティに指をかけたとき、布が二重になった中心に、あからさまな濡れジミが見えた。

胸を高鳴らせながら薄物を引き下ろすと、沙知子がおしりを上げて協力する。早く気持ちいいことをしてほしくて、待ちきれないようだ。

パンティは膝のあたりで裏返り、クロッチの裏地が晒される。そこには糊《のり》が乾いたような跡の他に、白い粘液がべっとりと付着していた。

（うわ、すごい）

女性の下着がこんなに汚れるのかと、幾太は驚いた。それでいて、あやしい昂りも覚えていたのである。

下着が爪先からはずれると、人妻は自ら両膝を立て、美脚をM字のかたちに開いた。恥ずかしいところを見せつけるかのように。

幾太はゴクッとナマ唾《つば》を呑んだ。

沙知子は目隠しをしているから、こちらが何をしても知られることはない。それが彼を大胆にさせ、欲望のまま振る舞わせる。

幾太は身を屈め、神秘の苑《その》に顔を接近させた。

むわ――。

煮詰めたヨーグルトを連想させる、濃密な秘臭が鼻腔に忍んでくる。汗と尿の成分も含まれているのだろう、かなりケモノっぽいフレーバーだ。

にもかかわらず、たまらなく惹かれるのはなぜだろう。

(女性のアソコって、こんな匂いなのか)

こっちに戻ってからはとんとないが、都会生活では若い女性と距離が近づいたときに、甘い香りにうっとりさせられたことがあった。そのときよりも煽情的で、ときめきが止まらない。

もちろん、初めてナマの秘苑を目の当たりにしたためもあった。

縮れ毛に囲まれた肉唇は合わせ目をほころばせ、そこからはみ出した花びらが、ハートのかたちで開いていた。狭間《はざま》には透明な蜜が溜まっており、蜂や蝶でなくても吸いたくなる。

(これが岸端さんのアソコ……)

ネットで見たものと、基本的な構造は変わらない。しかしながら、職場で付き合いがある女性の、決して公《おおやけ》にされない部分なのだ。特別であり、本当に見ていいのかと罪悪感が湧いてくる。

そのくせ、頭がクラクラするほどにいやらしい。赤みを帯びた肉色も生々しく、猛《たけ》りっぱなしのイチモツが雄々しく脈打った。

「ねえ、何してるの？」

沙知子の焦れったげな声にハッとする。恥ずかしいところをあらわにしたのに、幾太が何もしないものだから、不安になったのか。

当然、彼女は愛撫を望んでいるのである。しかし、どこをどうすればいいのか、経験のない幾太は咄嗟に思いつかなかった。指でいじればいいのかもしれないが、そこは見るからにデリケートな感じで、ヘタなことをしたら傷つける恐れがある。

（どうすればいいんだよ）

女芯が物欲しげにすぼまる。早くしてとせがんでいるかに見えて、ますます追い詰められた気になった。

（ええい、こうなったら）

うだうだ考えていても始まらない。ここは自分がやりたいようにすればいいのだ。

淫靡な眺めとかぐわしさに惹かれるまま、幾太は花園に顔を埋めた。

（うわ、すごい）

濃厚な恥臭は暴力的で、脳にガツンと衝撃がある。そのくせ、嫌悪感は微塵もない。

もっと嗅ぎたくなって、鼻から息を深く吸い込む。

「え、何？」

戸惑う声を耳にするなり、幾太はもうひとつの唇を吸った。

ビクン──。

熟れ腰がわななき、ヒップが浮きあがる。だが、何をされたのか、沙知子はわかっていないのではないか。

それをいいことに、クリトリスが隠れている包皮を舌先で剝《む》きあげた。

童貞でも、女性が感じるところの知識はあった。というより、いずれ体験したときのことを考えて、研究を怠《おこた》らなかったのである。

顔を出した秘核を、ついばむように吸う。

「あひッ」

鋭い嬌声がほとばしる。太腿が閉じて、幾太の頭を挟み込んだ。

それにより、沙知子も状況を悟ったようである。

「ちょ、ちょっと、何してるのよ⁉」

大きな声でなじり、腰を左右にくねらせる。しかし、幾太は離れることなく食らいつき、舌を律動させた。

「くうううっ」

敏感な肉芽をはじかれて、下半身がガクガクと暴れる。快感で力が入らなくなったか、太腿の締めつけが緩んだ。

「だ、ダメ……そこ、キタナイのよぉ」

愛液でしとどになっているという意味ではなく、洗っていないから汚れが気になるのだ。どれだけ濃密な匂いをさせているのかも、わかっているのだろう。

けれど、有りのままのかぐわしさに夢中の幾太は、そこが汚れているなんて少しも思わない。ひたすら味見にいそしんだ。

ピチャピチャ……ちゅぱッ――。

愛液を舌に絡め取り、音を立ててすする。粘っこいそれは塩気だけでなく、ほのかな甘みも感じられた。

（なんて美味しいんだ）

初めての味わいに舌鼓《したつづみ》を打ち、蜜園を貪欲に吸いねぶる。クリトリスへの刺激も忘れなかった。

「ああ、あ、ダメぇ」

抵抗の声も弱々しくなり、すすり泣きが交じりだす。半裸のボディが休みなくうねり、汗ばんだ肌が歓喜の色に染まりだした。

（夜這い男にヤラれたときも、こんなふうに感じたんだろうか）

負けてなるかと、舌の動きを激しくする。一点集中で敏感な真珠をレロレロと舐め、人妻に「イヤイヤ」とあられもない声をあげさせた。

「そ、そんなにしないで……おかしくなっちゃう」

ならばおかしくなってもらおうと、抉《えぐ》るような舌づかいで攻める。ここまでしたら絶頂まで導きたくなり、初めてのクンニリングスに精を出した。自身の精を出すこともなく。

その甲斐あって、女体が歓喜の極みへと舞いあがる。

「あ、イク、イッちゃう」

アクメを予告するなり、背中が弓なりに浮きあがった。

「い、イクイク、ダメぇぇぇぇぇっ！」

下半身がぎゅんと強ばり、細かく痙攣する。再び太腿が閉じて、幾太の頭は強い力で挟まれた。

もっとも、柔らかくて甘い香りのする内腿の圧迫は、気持ちいいだけで少しも苦しくない。

「う――うぅ」

呻き声のあと、強ばっていた女体が緊張を解く。両脚を投げ出して脱力すると、あとは腹部を上下させ、深い呼吸を繰り返すのみとなった。

その姿を目にして、ようやく実感が湧いてくる。

（……おれ、岸端さんをイカせたんだ）

キスをしたのも今日が初めてなのに、おっぱいを愛撫し、クンニリングスをして、オルガスムスに導いたのである。大人の階段を、一段飛ばしで一気に駆けあがった気分であった。

とは言え、幾太は奉仕しただけで、何もされていない。ブリーフの中で、牡器官は痛いほどに脈打っている。

亀頭のこすれる下腹が、ヌラつく感じがある。カウパー腺液が多量に溢れているようだ。

疼《うず》く分身を摑み出し、しごきたい欲求に駆られる。沙知子に見られる心配はないし、しかも彼女はあられもない格好だ。これに勝るオカズは他にあるまい。

（うう、たまらない）

強ばりをズボン越しに握れば、目のくらむ快美が生じる。腰の裏が震えて、それだけで昇りつめそうになった。

そのとき、沙知子に声をかけられなかったら、本当にオナニーを始めたところであった。

「ねえ――」

気怠《けだる》げな呼びかけに、ハッとして身を堅くする。それ以上に硬い牡の高まりから、焦って手をはずした。

「な、何ですか？」

「目隠しをはずしてちょうだい」

人妻の指示に従い、視覚を奪っていたタオルをはずす。歓喜の涙の跡なのか、赤らんだ目許が濡れていた。

「……イッちゃった」

うっとりした声音《こわね》でつぶやき、彼女が身をもぞつかせる。それで拘束されていたのを思い出したのか、縛られた両手首を見あげ、わずかに眉をひそめた。

「ねえ、脱いで」

「え？」

「わたしだけハダカなんて、ずるいじゃない」

沙知子は自分から肌を晒したのである。そのクレームは理不尽に思えたものの、素直に従うことにした。

5

上半身をすべて脱いでから、

「これもですか？」

幾太はズボンに手をかけて訊ねた。

「もちろん。全部よ」

沙知子はためらうことなく告げた。

夜這いされたときの再現をするという目的は、どこかに行ってしまったようだ。手首の縛《いまし》めこそそのままでも、目隠しを取ってしまったし、幾太にも全裸になるよう求めたのだから。

(夜這い男がどんな格好だったのか、岸端さんはわかってないんだよな)

職場の後輩とふたりきりという、今の状況を愉しむことにしたのだろう。

そうとわかったから、幾太もすべて脱ぐことをためらわなかった。快楽のひとときが待ち受けていると期待して。

(これなら初体験もできるかも)

胸がはずんだものの、未経験ゆえ、さすがにすべてをさらけ出す勇気はない。ブリーフを脱ぐときは彼女に背中を向け、あらわになった屹立《きつりつ》も両手でしっかり隠した。

「ぬ、脱ぎました」

向き直ると、沙知子がしかめっ面《つら》を見せた。

「隠さないで、ちゃんと見せなさい」

叱るように言われて、ほとんど反射的に手をはずしたのは、命じたのが職場の先輩だからなのか。ふくらみきって反り返る牡器官に、年上女性の視線が真っ直ぐに注がれた。

(うう、見られた)

明日からどんな顔をして、彼女と接すればいいのだろう。性器を目にしたのはお互い様なのに、幾太は居たたまれなかった。これも経験の差ゆえなのか。

「あら、立派じゃない」

褒め言葉もあっさりしていたから、ただのお世辞に違いない。それでも、悪い気はしなかった。

「オチンチン、すごく反り返ってるじゃない。お腹にめり込みそうだわ。やっぱり若いのね」

目を細めて言われ、頬が熱く火照る。初めてで昂奮しすぎているから勃起が著しいのだと、バレた気がしたのだ。

しかし、そういうわけではなかったらしい。

「ねえ、わたしの胸を跨いで、オチンチンをもっと近くで見せてちょうだい」

興味津々《しんしん》の眼差しを向けられては、恥ずかしくても拒めない。幾太は沙知子の胸を膝立ちで跨ぎ、股間を顔のほうに突き出した。

途端に、背すじがゾクッと震える。

(ああ、なんだこれ……)

羞恥をかき消すほどに、誇らしい気分が高まる。露出癖などなかったはずなのに、人妻に勃起した秘茎を見せつけることで、胸にあやしい昂りがこみ上げたのだ。

おかげで、筒肉が幾度も反り返り、下腹をぺちぺちと打ち鳴らす。

「ねえ、もっと近くに」

言われて、膝を前に移動させる。そのとき、ヘッドボードに結わえられたままの手が目に入った。

(ほどかなくていいのかな?)

そう思ったのは、猛る己身《こしん》を握られたかったからだ。すぐにでも気持ちよくしてもらいたいと、そこは疼きまくっていたのである。

ところが、彼女は手よりも快い施しを与えてくれた。

「オチンチン、前に傾けて」

「え、前に？」

「おしゃぶりしてあげるから」

フェラチオをしてもらえるとわかり、幾太は天にも昇る心地がした。

女性とのめくるめく体験を夢見る童貞にとって、ペニスを舐められるというのは、ある意味セックス以上に憧れの行為であった。それこそ、自らの口が届かないかと、懸命に試みたぐらいに。

そのため、反り返るイチモツを嬉々として前に傾ける。桃色に艶めく唇に、それよりも赤い亀頭を接近させた。

しかしながら、あと二センチで触れるというところで、美熟女が悩ましげに小鼻をふくらませたのである。

「男のニオイがするわ」

うっとりしたつぶやきに、全身がカッと熱くなる。その部分がかなり蒸れて、生々しい臭気を放っているのを思い出したのだ。ブリーフを脱いだとき、そこからむわっと燻製《くんせい》に似た匂いがたち昇ったことも。

「ちょ、ちょっと待ってください」

幾太は腰を引いた。シャワーを借りるか、せめてウエットティッシュか何かで清めたかったのである。

「え、どうしたの?」

沙知子が眉をひそめ、怪訝《けげん》な面持ちをする。

「いえ、あの……そこ、洗ったほうがいいかなと」

皆まで言わないうちに、彼女が「なに言ってるのよ」と、喰い気味に非難した。

「わたしのくっさいオマンコを、うれしがって舐めたくせに」

事実を指摘されたことよりも、彼女が口にした禁断の四文字にショックを受ける。

(岸端さんが、そんないやらしいことを言うなんて!)

今夜はやけに大胆でも、普段の仕事ぶりは真面目そのものなのである。

ともあれ、そこまで言われたら従うしかない。幾太は胸の高鳴りを抑えられないまま、赤く腫れた先端を唇へと差しのべた。

すると、沙知子が頭をもたげ、丸い頭部を咥えたのである。

チュッ——。

ひと吸いされるなり、脳幹に快美の衝撃を喰らう。

「ああああっ」

幾太はたまらず声をあげ、浮かせた腰を壊れそうに震わせた。

「ンふ」

こぼれた彼女の鼻息が、陰毛をそよがせる。それにも背中の中心がゾクッとして、目の奥に火花が散る。

(あ、まずい)

急速に昇りつめそうな予感がして焦る。けれど、そうと気づかぬ様子の沙知子は、舌をてろてろと動かして、敏感な粘膜をねぶり回した。

「ああ、ああ、ああ」

たちまち理性が四散しそうになり、幾太はやむなく腰を引いた。このままでは、彼女の口を穢《けが》してしまうからだ。

「え?」

沙知子がきょとんとして見あげてくる。それまで肉棒が嵌まっていた唇を半開きにしたまま。

「ちょっと、どうしたの?」

不満をあらわにされ、幾太は呼吸を荒ぶらせながら「す、すみません」と謝った。

「あの……出ちゃいそうだったので」

「え、もう？」

先っぽを咥えて、軽く舐めただけなのだ。早すぎると思われるのは当然である。

そのせいで、彼女は察するものがあったらしい。

「淀川君、ひょっとして初めてなの？」

目を丸くされ、幾太は情けなさにまみれつつも「はい」と認めた。

「ふうん……そうなのか」

沙知子はそれほど驚いた様子ではない。東京で学生生活を送ったから、経験があると決めつけていたふうであったが、実は確信などなかったのか。いや、もしかしたら、あれは夜這いプレイに参加させるための口実で、実は童貞だと見抜いていたのかもしれない。

「だったら、すぐに挿れていいわよ」

言われた意味がわからず、幾太は「え、何をですか？」と訊《き》き返した。

「オチンチンを、オマンコに挿れていいって言ったの」

今度は理解できたものの、展開が急でついていけない。口をパクパクさせる。

「どうせなら、ちゃんとセックスをして精液を出すほうがいいでしょ。今日は安全日だし、中でイッちゃっていいわ」

「ほ、本当ですか？」

ようやく感情が追いついて、鼻息が荒くなる。いよいよ念願のセックスが体験できるばかりか、中出しまでOKだなんて。

嬉しさのあまり、分身がビクンビクンとしゃくり上げる。白く濁ったカウパー腺液がトロリと溢れ、筋張った肉胴を滴《したた》った。

それを見て、急いだほうがいいと悟ったか、

「ほら、早くしなさい」

沙知子が命令する。

「は、はい」

幾太は彼女の上から飛び退《の》くと、改めて下半身のほうから挑みかかった。膝を離した正座の格好で進み、両脚を掲げた人妻のヒップを挟み込む。

ぱっくりと開かれた女陰が、牡を招くように息吹く。膣《ちつ》の入り口までも見えそうで、この体勢なら挿入するところを間違う恐れはない。

強ばりきって反り返る肉根を苦労して前に傾け、やや前傾姿勢をとりながら、切っ

先を濡れ割れにあてがう。

「そう、そこよ」

沙知子の誘導も励みになった。

「い、挿れます」

荒ぶる呼吸の下から告げ、幾太は腰を前に送った。

ぬぬぬ――。

分身が狭い穴を圧《お》し広げる。そこはたっぷりと濡れていた上に、先走りの潤滑もあったから、引っかかりもなく侵入を遂《と》げられた。

「おおお」

声をあげ、腰をブルッと震わせるなり、蜜穴がすぼまった。

「くぅうーン」

愛らしい艶声が耳に入る。幾太は蕩《とろ》ける歓喜に溺れ、からだのあちこちをピクピクと震わせた。

(ああ、入った)

とうとうペニスを女体に挿れたのだ。これで男になったのである。

初めて味わう快感と、童貞を卒業した喜びが混ざり合い、瞼《まぶた》の裏が熱くなる。感激のあまり、涙が溢れそうだった。

「あん……オチンチン、すっごく元気」

沙知子が悩ましげに眉根を寄せる。意識してなのか、膣の入り口をキュッと締めた。

「どう、初めてのセックスは？」

問いかけに、幾太は何度もうなずいた。

「すごく気持ちいいです」

「オマンコの中はどんな感じ？」

「あったかくて、ヌルヌルしてて、もうたまんないです」

「だったら、好きなように動いてイキなさい」

「はい」

人妻の中で、ペニスは極上の歓喜にまみれている。動かずとも達してしまいそうながら、動けばもっと気持ちいいのは確実だ。

幾太は腰をそろそろと引いた。女芯から、ヌメって肉色を著しくした分身が現れる。それを再び蜜穴に戻すと、まといついた柔ヒダが、敏感な部位をこすった。

「あううう」

目のくらむ快感に、幾太は声を洩らさずにいられなかった。

（これ、よすぎる――）

想像した以上の悦《よろこ》びに、太い鼻息が吹きこぼれる。

オナニーも気持ちいいが、あれは射精の瞬間にすべてが集約される。けれど、セックスは行為そのものが快いのだ。膣内のヌルヌルした摩擦感だけでなく、女性と深く繫がることで、心から満たされるからだろう。

おかげで、腰づかいの速度が自然と上がる。

ヌチュ……くちゃ。

交わる性器が粘っこい音をこぼす。熱を帯びた淫臭がたち昇ってきた。

「うう……あふ」

幾太は喘ぎ、上昇した。愉悦《ゆえつ》にまみれて、腰の動きがぎくしゃくする。

「あ、あ、もう」

たちまち頂上が迫り、目の奥が絞られる感覚があった。

「イクの？　出ちゃいそう？」

沙知子の問いかけに、頭を前後に振る。返事をする余裕もない。

「だったら、オマンコの中にいっぱい出しなさい」

卑猥な呼びかけが、爆発への引き金になった。

じけた。

「あああ、で、出ます」

脈動する男根を高速で抜き挿《さ》しし、最奥に突っ込んだところで、亀頭がどぷっとは
「むううううう」

呻いて、牡の滾《たぎ》りをだくだくと放出する。

（ああ……すごすぎる）

体内のエキスをすべて吸い取られるような、恐怖と紙一重の射精。ここまで気持ちよくザーメンを放ったのは、生まれて初めてだ。

「ああーン」

人妻が首を反らし、なまめかしく喘ぐ。膣奥にほとばしるものを感じたのだろうか。気怠さを帯びた腰を、幾太は浅ましく前後に振った。少しでもオルガスムスを長引かせようとして。

逆流した樹液がペニスにまといつき、グチュグチュと泡立つ。過敏になった亀頭が刺激され、強烈な歓喜に目がくらんだ。

（これがセックスなのか――）

本物の男になれた感激を胸に、幾太はからだのあちこちをピクピクと痙攣させた。

第二章　若妻の欲情告白

1

「あら？」

沙知子が驚いたような声を出す。絶頂後、彼女と繋がったまま肩で息をしていた幾太は、何事かと顔をあげた。

「……どうかしましたか？」

気怠さにまみれて問いかけると、人妻が顔をしかめた。どうしてわからないのと、責めるみたいに。

「淀川君の、全然小さくならないじゃない」

「え？」

言われて、ようやく気がついた。ねっとりした膣壁に包まれた分身が、未だ力を漲らせたままであることに。

（え、どうして？）

幾太も戸惑う。いつもは射精したら、すぐ萎《な》えるのだ。

「ひょっとして、気持ちよくなかったの？」

沙知子が落ち込んだ面差しを見せる。自身の膣具合がよくなくて、年下の男が中途半端な快感で果ててしまい、満足が遂げられなかったと解釈したらしい。

「そんなことないです。最高でした。セックスがこんなにも素晴らしいことを岸端さんに教えられて、感激してたんです」

称賛の言葉にも、彼女は素直に喜べなかったようだ。

「だったら、どうしてオチンチンが大きなまんまなの？」

「岸端さんの中がすごく気持ちいいから、小さくならないんです」

嘘ではないと伝えるべく、分身に漲りを送り込む。膣内で雄々しく脈打つ感覚に、沙知子が「ああん」と悩ましげに喘いだ。

「ほ、ホントに？」

戸惑う眼差しを浮かべながらも、満更でもなさそうに目を細める。年下の男を夢中にさせたことで、女としての自信が高まったのか。

「だから、もう一度してもいいですか？」

短時間で果てた初体験の挽回をするべくお願いすると、沙知子が口許を艶っぽくほころばせた。

「まだしたいの？　エッチねえ」

からかうように言いながらも、やけに嬉しそうだ。早く終わってしまったから、彼女ももの足りなかったに違いない。

「だったら、紐をほどいてちょうだい」

拘束されたままでのセックスが、焦れったくなったらしい。もはや夜這いの再現など、どうでもよくなったと見える。

「わかりました」

幾太は手をのばし、沙知子の手首を縛っているバスローブの紐をほどいた。

「いたた」

挙げっぱなしだった腕を戻すとき、彼女は顔をしかめた。ずっと同じ姿勢をとっていたために、節ぶしが固まったのであろう。

それが年のせいだと思われたくなかったのか、誤魔化すように咳払いをすると、

「一回、抜いてもらえる？」

と、顎をしゃくって命じた。

「あ、はい」

名残惜しかったが、幾太は腰をそろそろと後退させた。

先端が恥芯からはずれると、ペニスが勢いよく反り返る。下腹をぺちりと叩き、細かな雫《しずく》を飛び散らせた。

「あん」

小さな声を洩らした沙知子が、枕元のボックスからティッシュを何枚も引っ張り出す。それを急いで股間にあてがったのは、逆流するザーメンがこぼれそうだったからだろう。

「続けてしてもよかったんだけど、濡れすぎてたら気持ちよくないでしょ。中に出したのが垂れてても困るし」

言い訳するみたいに説明して、彼女は幾太にもティッシュを寄越した。

「淀川君も拭きなさい」

「はい」

素直に受け取り、そそり立つ分身を拭《ぬぐ》う。筋張った胴には白く濁った粘液の他、カスのようなものも付着していた。

生々しい残滓《ざんし》に劣情を沸き立たせつつ、言われたとおりに清める。すると、パジャマの上着を肩からはずして全裸になった人妻が、こちらににじり寄ってきた。

「綺麗になった？」

「は、はい」

「ちょっと見せて」

沙知子はそう言いながら、目ではなく手を差しのべた。

「あうう」

しなやかな指を屹立に巻きつけられ、腰がブルッと震える。ほんの短時間であったがしゃぶられて、セックスも経験したけれど、握られるのは初めてなのだ。

（うう、気持ちいい）

数え切れないほどオナニーをしてきたから、握るのは慣れている。だが、指の柔らかさがまったく異なっていた。

（女性って、あらゆるところで男を感じさせてくれるんだな）

まさに最高の存在だと納得する。勉強だけではわからない、貴重な体験させてくれた先輩女子に、心から感謝せずにいられなかった。

「すごいわ。鉄みたいじゃない」

がっちり根を張ってそそり立つ牡器官を、沙知子が感慨深げに見つめた。

「イッたあとでもこんなに硬いオチンチンって、初めてだわ」

それは夫だけでなく、これまでに関係を持った男たちをすべて含めての感想だったようだ。

（……岸端さんって、何人ぐらいの男を知ってるんだろう？）

夜這い男に与えられた快感が忘れられず、突き止めようとしているのである。そのために幾太と淫らな行為に及ぶこともためらわないのだから、セックスについてはかなり奔放なほうではないだろうか。

だとすれば、夫しか男を知らないなんてことはあるまい。こんなのは初めてなんて発言からして経験豊富のようだし、その中でも突出しているというのは悪い気がしなかった。

おかげで、分身がさらなる力を漲らせる。

「元気ね。わたし、カチカチのオチンチンって好きよ」

あられもないことを口にするなり、沙知子は手にしたものを頬張った。

「ああああ」

強く吸われ、強烈な快美に腰が砕けそうになる。さらに、舌をねっとりと絡みつかされ、太い鼻息がこぼれた。

(うう、そんな)

悦びにまみれつつも罪悪感を覚えたのは、セックスをして多量にほとばしらせたあとだったからだ。

そこはティッシュで拭ったものの、完全に清められたわけではない。ふたりぶんの淫液の匂いや味が残っているのは確実だ。

にもかかわらず、彼女は少しも気にならないふうにしゃぶっている。舌鼓を打ち、いかにも美味しそうに。

自分の愛液が染みついたモノだから、平気で口に入れられるのだろうか。そんなことを思いつつ、幾太は与えられる快感に身を震わせた。

「ふう」

三分ほどのフェラチオを終え、先輩の人妻がひと息つく。長く続けなかったのは、また早々に昇りつめてはまずいと考えたからではないか。

そして、解放された肉根には、清涼な唾液がたっぷりとまぶされていた。

「このぐらい濡らせばだいじょうぶね」

などと言ったところを見ると、潤滑のための口淫奉仕だったらしい。

沙知子は股間に挟んでいたティッシュをはずすと、再び仰向けに寝そべった。さっきと同じように、立てた両膝をMの字に開く。

ところが、幾太が鼻息も荒くのしかかろうとすると、

「あ、待って」

と、制止した。

「せっかく体験できたんだし、同じ体位ばかりじゃつまらないでしょ」

そう言って身を翻《ひるがえ》し、ベッドに両膝と両肘を突いた。四つん這いのポーズで、丸まるとしたヒップを高く掲げる。

（ああ……）

幾太は胸の内で感嘆の声をあげた。この部屋に来る前、階段で見とれた魅惑の熟れ尻を、剝き身で差し出されたのである。

少しのブレもない綺麗な球体は、肌も見るからになめらかで、頰ずりしたくなる。デスクワークをしているからか、太腿との境界部分だけ肌がわずかにくすんでいるのも、やけにエロチックだ。

そして、ぷっくりと盛りあがった中心部分。中に精液を注ぎ込んだ女芯は赤みを帯

び、ほころんで肉色の花びらを大きくはみ出させている。おしりの谷底の、愛らしいツボミもまる見えだ。

煽情的すぎる光景に、股間のイチモツが浅ましく反り返る。沙知子がバックスタイルでの交わりを求めているのだと、もちろん理解していた。

「これなら挿《い》れやすいし、好きに動けるからいいでしょ」

初体験を遂げたばかりの後輩を思いやって選んだ体位のようである。ただ、彼女もこれで攻められるのが好きなのかもしれない。

「いっぱい突いて、わたしも気持ちよくしてね」

と、振り返っておねだりをしたからだ。

「わかりました」

幾太は膝立ちで人妻の真後ろに進んだ。上向いた肉根を前に傾け、切っ先を二枚の花びらの狭間にあてがう。

「くぅン」

沙知子が悩ましげに鼻を鳴らし、たわわな丸みをプルッと震わせた。

中出ししたザーメンは、ティッシュがあらかた吸い取ったようである。ペニスは唾液で濡らされたが、潤滑成分が足りない気がした。

けれど、亀頭で恥割れをこすっていると、ヌルヌルしたものが溢れてくる。粘っこい音を立て、粘膜同士の摩擦をなめらかにした。

(すぐに濡れちゃうんだな)

それだけ肉体が燃えあがっているのだ。

「ね、ねえ、早く」

焦れったげな呼びかけに応えて、幾太は腰を前に出した。

ぬるん――。

ふくらみきった頭部が、蜜窟に難なく入り込む。

「あひっ」

沙知子が首を反らし、尻の谷をすぼめる。膣口がくびれを締めつけ、幾太も「むうう」と呻いた。もっと快感がほしくて、残り部分も女体に押し込む。

「あ、あ、来るぅ」

沙知子が背中を弓なりにし、豊かな腰回りをビクッ、ビクンとわななかせた。正常位で挿入したときよりも反応が顕著だ。

(やっぱりこの体位が好きなのかも)

だったらもっと感じさせてあげようと、インターバルを置かずにピストンを繰り出す。ふっくら臀部《でんぶ》を両手で支え、求められたとおりに突きまくった。

「ああ、あ、それいいッ」

嬌声がほとばしる。彼女は枕に顔を埋めると、「むーむー」と唸った。少しでも声を抑えようとしたのだろうか。

けれど、幾太がパンパンと音が立つほどに下腹をぶつけると、顔をあげてよがりだす。息が続かなくなったようだ。

「くはっ、あ、あ、あん、感じる」

艶腰をくねらせ、いやらしく悶える。成熟した裸身が火照りを取り戻したか、背中に細かな露が光りだした。

視線を落とせば、逆ハート型のヒップの切れ込みに、濡れた肉棒が見え隠れする。筋張った胴体に白く濁った淫液がまといつき、ケモノっぽいパフュームもたち昇ってきた。

（ああ、おれ、岸端さんとセックスしてるんだ）

さっきは余裕がなかったけれど、今はしっかり実感できる。世界一いやらしいことをしている気分にもひたり、悦びが順調に高まった。

「あう、う、ふううう、お、オチンチン硬いのぉ」

乱れた声にも煽られて、腰づかいの勢いが増す。抉られる女芯が、ぢゅぷッと卑猥な音をこぼした。

(うう、たまらない)

多量にしぶかせたあとにもかかわらず、早くも頂上が見えてきた。腿の付け根あたりがムズムズして、陰嚢《いんのう》がキュッと持ちあがる感じがある。

(いや、まだだ)

幾太は歯を食い縛って堪《こら》えた。

できればセックスでも沙知子をイカせたい。クンニリングスで一度導いているので、このまま終わっても許してくれるかもしれないが、自らバックスタイルを選んだぐらいだ。どうせなら絶頂したいというのが本音であろう。

童貞を卒業させてくれた恩義にも報《むく》いたい。もっとよくなってと願いつつ、幾太が気ぜわしい抽送《ちゅうそう》をキープしていると、

「ああ、イッちゃう」

切羽詰まった声が聞こえた。

(よし、もう少し)

彼女が感覚を逃さぬよう、速度を落とさず蜜穴を穿《うが》てば、女体がワナワナと震えだ

した。

「イヤイヤ、い、イク、イクのぉおおおっ！」

ハッハッと呼吸を荒くして、人妻が歓喜の極みへと駆けのぼる。暴れる熟れ尻をどうにか捕まえ、幾太は激しく突きまくった。

それにより、忍耐が四散する。

「あああ、き、岸端さん――」

「イクッ、イクっ、い――くぅうううっ！」

裸体が攣《つ》ったように強ばり、柔肌がヒクヒクと波打つ。強く締まった膣の奥に、幾太は二度目の射出を遂げた。

「うあ、あ、むふぅ」

ドクッ、ドクッと、熱い固まりが尿道を通過するのに合わせて、腰が痙攣する。頭の中は真っ白で、何も考えられなかった。

「あふっ、ふう……」

深く息をついた沙知子が、力尽きたように腰をのばす。幾太もそれに合わせて、俯《うつぶ》せになった彼女の背中にからだをあずけた。

（おれ、岸端さんをイカせたんだ）

今日が初体験だったのに、そこまでできたなんて。もしかしたら自分はセックスの天才なのかと、背負《しょ》ったことを考える。

汗ばんだからだを重ね、オルガスムスの余韻にひたりながら、幾太は沙知子の耳に囁いた。

「どうでしたか？」

息がかかったのか、彼女がくすぐったそうに肩をすぼめる。

「とってもよかったわ」

と、甘い声で答えてくれた。

男としての自信が高まり、すっかり有頂天だったものの、

「……でも、夜這いされたときのほうが、もっとよかったけど」

そんなつぶやきが聞こえて、幾太はちょっぴり傷ついた。

2

「これ、どこに置けばいいの？」

コンピュータに住民情報の入力をしていた幾太は、問いかけられて顔をあげた。

（え？）

ドキッとして、関係のないキーを叩きそうになる。デスクの脇にいたのは、幾太が密かに憧れていた、臨時職員の照井真季だった。

昼下がりの村役場。時刻は午後一時過ぎで、所属する住民課の他の課員は昼食に出ている。そこには幾太しかいなかった。

「あ、あの、えと」

しどろもどろになると、彼女は訝るように眉をひそめた。そして、

「住民課から注文された、補充の事務用品なんだけど」

両手で抱えていた段ボール箱を前に差し出す。それでようやく用件を理解した。

「あ、はい。おれがあずかります」

急いで立ちあがり、受け取ろうとする。そのとき、ふたりの手が触れあった。

（わっ）

ビビッと電気が流れた気がして、心の中で声をあげる。危うく箱を落としそうになった。

しかし、真季のほうは少しも気にした様子がない。

「それじゃ、お願いね」

事務的に告げ、踵《きびす》を返して行ってしまう。幾太は茫然として後ろ姿を見送った。

（……クールだな）

たとえ単純作業であっても、やるべきことを完璧にこなす。そんな彼女の仕事ぶりは、役場内のみんなが認めるところだ。

ただ、真季は大学こそ中退したけれど、本来は幾太よりも優秀なのである。臨時職員では役不足であり、もっと難しい仕事を任されるべきだ。

（事務用品の配布なんて雑用をしてていいひとじゃないんだよ）

仕事のことはさておき、せっかく同じ職場にいるのだ。できれば親しく言葉を交わしたいというのが、幾太の偽《いつわ》らざる気持ちであった。

今がそのチャンスだったのにと、後悔を噛《か》み締めながら彼女の仕事ぶりを見守る。

真季は手元の書類をチェックしながら、大きな段ボール箱の中から事務用品を取り出していた。それを各課ごとの箱に分け、配って回るようだ。

残念ながらこちらに背中を向けていたため、麗《うるわ》しのお顔を拝見することができない。その代わりというわけでもなかったが、ぴっちりサイズのボトムに包まれた下半身に、幾太の視線は釘付けとなった。

役場に勤める人間の服装は、課長以上はネクタイにスーツが一般的だが、それより下の職員はラフな装いが多い。男なら下はスラックスで、上はカラーシャツやポロシャツ。女性はスカートとパンツスタイルが半々ぐらいだろうか。上司からは、訪れる村民に不快感を与えないようにと言われていた。

真季はお使いなどの外回りもあるため、パンツスタイルが多い。今日は細身のジーンズに、ゆったりしたサイズの白シャツであった。

幾太の目は、彼女のヒップラインを捉えて離さなかった。

（……照井さん、けっこういいおしりをしてるんだな）

などと品のない批評をしてしまうのは、年上の人妻に女を教えられた影響なのか。これまでは、着衣の尻に目を奪われることなんてなかったのだ。

そのとき、視線を感じたのか、真季がこちらを向く。まともに目が合って、幾太は焦った。

（わわわ、まずい）

回れ右をして、受け取った箱を住民課の棚に運ぶ。ペンやファイルなどを所定の場所に片付けてから、恐る恐る振り返ると、彼女の姿はすでになかった。事務用品の箱も消えているから、とっくに配り終えたようである。

（おしりを見てたの、気づかれたかな……）

気になったものの、本人に確認するわけにはいかない。

何をやっているのかと落ち込みつつ、デスクに着く。途中だった仕事に戻ろうとしたが、脳裏に真季のジーンズ尻が浮かんで、集中できそうになかった。

おまけに、それが沙知子のナマ尻とオーバーラップする。

成熟した女体の奥に二度も精を放ったのは、先週のことなのだ。あれから何日も経ったのに、感動や印象が薄らぐことはなかった。

いや、むしろ日を追うごとに、記憶が鮮烈に蘇る気がする。

出勤すれば当然ながら、童貞を奪ってくれた人妻と顔を合わせる。だが、彼女は思わせぶりな態度をとることもなければ、あの日のことを話題にもしない。

そもそも、終わったあとで釘を刺されたのである。今日のことは誰にも言わないで、ふたりだけの秘密だからと。

何しろ、沙知子には夫がいるのだ。年下の男と浮気をしたなんて、知られるわけにはいかない。

正直なところ、幾太は期待していたのである。あれで終わりではなく、また次の機会があるものと。

ところが、彼女にそのつもりはなかったようだ。

実は、週明けに沙知子から告白されたのだ。夫が帰ってきたものだから、このところ遠ざかっていた夫婦の営みを、土日に持ったことを。どうやら幾太との交歓が刺激になって、夫に迫ったようである。

いや、その前に、夜這い男に感じさせられたことも影響していたであろう。おかげで彼女は大胆になり、幾太を誘惑したのだから。その矛先が、今度は夫にも向いたわけである。

嬉々として打ち明けた沙知子はいつも以上に上機嫌で、やけに色っぽかった。夫の精をたっぷりと浴びて、充実した週末を過ごした様子である。

そうなれば、もはや他人が入り込む隙はない。

もう沙知子と抱き合う機会はないのかと、幾太はがっかりした。夜這い男の件も、どうでもよくなったのではないかと思えば、

『ところで、わたしを夜這いしたやつが誰か、目星がついた？』

小声で訊ねたから、そっちの探索は終わりではないらしい。とは言え、突き止めてもう一度抱かれたいのではなく、誰なのかが気になるだけだろう。

しかしながら、手掛かりが少ない。簡単に特定できそうになかった。

ただ、目星というほどではなかったものの、多少は絞り込んでいた。おそらく役場

内の人間であろうと。

夜這い男は、沙知子の夫が留守であることを知っていたはず。また、眠っていたあいだに目隠しをして拘束するなど、かなり計画的だ。事前にかなりの情報を収集していたと見るのが自然であろう。

それが可能なのは身近な人間であり、そうすると役場職員の誰かではないかというのが、幾太の推理であった。

沙知子からはもうひとつの手掛かりを与えられていた。セックスを終えて身繕いをしていたら、不意に彼女が思い出したのだ。夜這い男に抱かれているとき、煙草《たばこ》の匂いがしたことを。

夫も煙草を吸うから、沙知子はそれが当たり前だと感じていたようだ。ところが、幾太は吸わないから、行為の最中に何かが足りない気にさせられ、それが煙草の匂いだと気がついたそうである。

役場に勤めていて煙草を吸う。その該当者は、男性職員の半分以上だ。全国的には、男性の喫煙率は三割を切っているようながら、亀首村は田舎だから、喫煙者は未だに多数派なのである。

だが、五十歳以上は除外してもよかろう。さらに、いかにも夜這いをしそうな好色

な男となると――、

（島野さんかも）

容疑者の第一候補として幾太が挙げたのは、臨時職員の島野雄一《ゆういち》であった。

家が農家の彼は、農林水産課で農政を担当し、農協との橋渡し役も務めている。年齢は四十歳。酔ってなくても赤ら顔で、いかにも好色そうだ。

いや、実際、セクハラ的な言動がけっこうあると聞く。女性職員には必要以上に距離を詰め、プライベートをあれこれ探るために避けられがちだ。先週の飲み会でも、彼の周りには男しかいなかった。

とは言え、それだけが理由で疑うのではない。

島野はバツイチの独《ひと》り身で、両親と三人で暮らしている。まだ男盛りなのに特定の異性はおらず、セックスに飢えているに違いない。かつて妻がいたのなら、沙知子を感じさせられたのも納得できる。

この推理は、まだ沙知子に明かしていなかった。もう少し容疑が固まったらと考えていた。

本当に彼が犯人だとしたら、彼女はがっかりするであろう。普段の態度から見て、あまり好感を抱いていない様子だったから。

（どうせなら、もう二、三人、候補を見つけたほうがいいな）

最初からひとりに絞ると、ハズレだったら目も当てられない。怪しい人間を、できるだけ多くピックアップしておいたほうがいいだろう。その中から彼女に選んでもらうという手もある。

では、他に誰が当てはまるかなと考えていると、昼食に出ていた沙知子が戻ってきた。

「お帰りなさい」

幾太がかけた声も聞こえていないふうに、彼女は慌ただしく隣の席に着いた。どこか昂奮した面持ちである。

「ねえ、ビッグニュースよ」

こちらに身を乗り出し、声をひそめて報告する。

「何かあったんですか？」

「わたし、西田食堂に行ってたんだけど、すごいことが判明したの。夜這いされたのって、わたしだけじゃなかったのよ」

「え、他に誰が？」

沙知子は周囲を見回し、さらに声を落とした。

「綾奈ちゃんよ。西田食堂の」

「ほ、ホントですか？」

「ええ。だって、本人が教えてくれたんだもの」

童顔の愛らしい看板娘、いや、看板人妻の綾奈まで夜這いされたなんて。幾太はとても信じられなかった。

3

その晩の深夜過ぎ、幾太は西田家を訪れた。綾奈から直接話を聞けるよう、沙知子が取り計らってくれたのである。

『これは連続夜這い事件よ。絶対に犯人を見つけなくっちゃ』

夜這い男に与えられた快感が忘れられないと言っていたのに、被害者が他にもいたとわかって、そんな場合ではないと悟ったのか。もっとも、やけにワクワクしていたようにも見えたから、ますます興味本位が湧いたというか、いっそ面白がっているだけかもしれない。

仮に夜這い犯の正体が判明しても、断罪するつもりはなさそうだ。まあ、さすがにもう一度抱かれたいとは思っていまい。夫とのセックスで、身も心も満たされたようであるし。

今は単純に、誰なのかを知りたいだけらしい。自分で探るのではなく、他人任せなのはいただけないが。

逆に幾太のほうは、使命感を抱いていた。

(これ以上被害者を増やしちゃいけないんだ)

沙知子は被害を受けたとは感じていなかったものの、誰もがそうだとは限らない。彼女も綾奈も人妻であるが、独身の真季が襲われる恐れだってあるのだ。

ここは綾奈にしっかり話を聞いて、夜這い犯の手掛かりを摑もう。

(そうすると、島野さんは犯人じゃないのかな？)

沙知子が襲われたから、役場職員に容疑者を絞ったのである。しかし、今回は西田食堂のお嫁さんだ。同じ職場の人間とは異なり、そう簡単に情報を集められるとは思えない。

(まあ、まずは状況を確認しなくちゃ)

誰にでもできそうな犯行だったら、容疑者の範囲を広げる必要がある。

西田家は、食堂の裏手が隣接した住宅になっている。そちらに回ると門があり、広い庭があった。

その庭の一角に、平屋の小さな建物があった。

綾奈が嫁いだとき、夫の弟妹が同居していたためもあって、夫婦用の離れをこしらえたそうだ。家族を気にせず子作りができるようにという配慮もあったのではないか。今のところ、跡継ぎは誕生していないけれど。

幾太は離れのほうに進み、ドアを小さくノックした。少し間を置いて、中から開けられる。

「いらっしゃい、幾太クン」

食堂でお客に対応するときと同じく、屈託のない笑顔で迎えてくれたのは、愛らしい面立ちの若妻である。もう二十八歳だから、そう称するのは正しくないのかもしれないが、見た目はいっそ幼妻と言っていいぐらいなのだ。

彼女が下の名前で呼んでくれたのは、幾太が高校生だったときを知っているからだろう。可愛いお嫁さんが西田食堂に来たと評判になり、友人たちと何度か食べに行って、顔見知りになったのだ。

「お、お邪魔します」

幾太がどぎまぎしたのは、彼女がピンク色の可愛らしいパジャマを着ていたからだ。

午前零時《れい》を回っているし、就寝の準備をしていても当然なのに。

(これじゃ、おれが夜這いに来たみたいじゃないか)

後ろめたさを感じつつ、上がらせてもらう。

夜中に来てほしいというのは、綾奈の要望だった。話が話だけに、他の家族には聞かせられないし、誰にも気づかれないようにと。

中に入れば、小さな玄関の脇にキッチンがある。幾太が東京で住んでいた、安アパートにあったぐらいの狭さだ。

そこには流し台とガス台と冷蔵庫、あとはレンジと食器棚ぐらいしかない。食事は母屋《おもや》でみんなと食べるのだろうし、ここで本格的な料理をするわけではなさそうだ。

他にはトイレもあった。

招かれて奥に入ると、そこはまあまあ広い和室だった。押し入れと洋服ダンス、テレビもある。すでに蒲団《ふとん》がひと組敷いてあった。

(ただ眠るためだけの場所って感じだな)

それこそ、子作り用の部屋なのか。パジャマ姿の童顔妻が、トラック運転手の夫に責め苛まれる姿が浮かびかけ、幾太は焦って打ち消した。

「ええと……あ、ここに坐って」

綾奈は掛け布団をめくると、白いシーツをあらわにした。座布団がないようだから、そこを代わりにするつもりらしい。

勧められるままに腰をおろすと、彼女も隣に膝を崩して坐る。途端に、ミルクのような甘い香りが鼻腔をくすぐり、幾太はまた動揺した。

綾奈はすでに入浴後のようである。それは彼女自身が漂わせるかぐわしさなのか、それとも寝汗を吸ったシーツからたち昇ってきたものなのかはわからない。どちらにせよ、まだひとりしか女を知らない若者には、やけになまめかしく感じられた。

「あの、綾奈さんも夜這いをされたそうですけど」

綾奈さん「も」と言ったのは、沙知子が自分のことも話したと聞かされたからだ。

いつも天真爛漫な綾奈が、考え込むようにぼんやりして様子がおかしかったものだから、沙知子は何かあったのか訊ねたという。すると、彼女が言い淀んだものだから、ひょっとしたらと察したそうである。

そのため、沙知子が夜這いのことを打ち明けると、綾奈も自身のことを話す気になったという。

「うん。そうよ」

若妻がうなずく。落ち込んだり、恥ずかしがっている様子はない。もしかしたら沙知子と同じで、失神するほど感じさせられたものだから、誰なのか知りたくなっているのではないか。

「それっていつなんですか？」

「このあいだの日曜日よ。たぶん、今よりももうちょっと遅い時間に」

やはり深夜に忍び込まれたのか。念のため、ドアに鍵をかけてなかったのか訊ねたところ、いつもしていないと答えた。

（さすがに物騒じゃないのか？）

母屋の近くでも、夫がいないときには、ここには綾奈がひとりだけなのである。いくら何でも不用心だ。

ところが、それには事情があったのだ。

「あのね、ウチのダンナは、仕事が早く終わったときとか、夜中に帰ってくることもあるの。無くしたら困るって鍵を持ち歩かないひとだから、入り口は開けておかなくちゃいけないのよ」

施錠しない理由を、綾奈が説明する。

「だったら、帰ってくる前に電話をするとか」

「夜中だとあたしが眠っているし、起こすのは可哀想だからって。それに、あたしが眠ってるあいだに帰って、起きる前にまた出かけることもあるのよ」

そういうときは、部屋に洗濯物やお土産《みやげ》が置いてあるから、帰ったのがわかるとのこと。わざわざ夫婦のために離れをこしらえたのは、夫の帰宅が不規則なのも関係しているのかもしれない。

（べつに子作りのためじゃなかったのか）

考えすぎだったようで、要らぬ勘繰りを反省する。

「それで、日曜日に何があったんですか？」

「うん。あたしは十一時ぐらいに寝たんだけど――」

綾奈はいつも、明かりをすべて消してから眠ると言った。離れの外には明かりがないし、カーテンも閉めるから真っ暗になるそうだ。そうしないと寝つかれないからだという。

「それで、たぶん一時か二時ぐらいだったと思うけど、目が覚めたの。いつもは朝までぐっすりなんだけど」

「どうしてですか？」

「誰かがあたしのパジャマを脱がして、エッチなことをしてたから」

そう言って、さすがに頬を赤らめる。ただ、記憶を反芻《はんすう》するような面差しも見せたから、そのときの快感を思い出したのではないか。

いったいどんなことをされたのか気になったものの、それがさして重要ではないことは、沙知子との再現行為を通して実証済みだ。犯人を特定するのに、あれはまったく役に立たなかった。

「抵抗しなかったんですか？」

幾太の質問に、綾奈は「そうよ」とうなずいた。

「だって、ダンナだと思ったんだもの」

夜中に蒲団に入ってくるのは夫だけという思い込みから、そう判断したのか。しかし、そうではなかった。

「夜中に帰ってきたときは、いつも疲れているから何もしないんだけど、そのときはそうじゃなかったから、あたしもうれしかったの。それに、目が覚めるぐらいに気持ちよかったんだもの」

与えられた悦びが、判断を鈍《にぶ》らせたらしい。嬉しいなんて言ったところをみると、夫婦の営みが足りなくて、不満を募らせていたことが窺える。

「あと、ダンナの匂いもしたから」

「え、匂い？」

「汗の匂いよ。向こうは服を着てて、手ざわりと匂いがダンナのものだったから、疑わなかったの」

おまけに真っ暗だったから、間違いないと信じ込んだのか。

(てことは、そいつは綾奈さんの旦那さんの服を着ていたってことか？)

かなり計画的というか、それ以上だ。いったいどうやって、汗の匂いがする服など手に入れたのだろうか。

「旦那さんじゃないのは、いつわかったんですか？」

「え？」

「えと……オチンチンを挿れられたときに」

「だって、ダンナのよりも、ずっと大きかったんだもの」

綾奈が頰を緩めてはにかむ。夫のものではないペニスを受け入れたというのに、少しもショックを受けた様子がない。

おまけに、思い出して悩ましさを募らせたふうに、眉根を寄せた。

(夜這い男とのセックスが、かなりよかったんだな)

沙知子もそうだったし、人妻ふたりを虜《とりこ》にしたのだ。かなりのテクニシャンであり、股間にもいいモノを持っているようである。

(やっぱり島野さんじゃないみたいだな)

そこまでの技能があるのなら、セクハラをして女性から避けられるなんて愚かな真似はしないはずだ。

「それじゃあ、旦那さんじゃないとわかったあとも抵抗しないで、されるままになってたんですか?」

「うん。キモチよかったから」

身も蓋もないことを、平然と口にする。それだけ快感が大きかったのかもしれないが、もともとこの村の女性は、夜這いに抵抗がないのだろうか。

(いや、だけど、綾奈さんは村の出身じゃないのか)

郷に入って郷に従ったわけじゃないよなと、どうでもいいことを考えている場合ではなかった。

「終わったあと、夜這い男はどうしたんですか?」

「知らないわ?」

「知らないって?」

「あたし、何回もイカされたから、最後は疲れて眠っちゃったの」

沙知子のように、気を失うまで攻められたわけではなさそうながら、何度も絶頂させられたのは一緒だ。

「じゃあ、そいつが誰なのか、まったくわからないんですね」

落胆を包み隠さずに告げると、若妻が「んー」と首をかしげた。

「わかってるのは、すごくチロウだってこと」

「え？」

「あたしと三十分以上もエッチして、一度もイカなかったんだもん。たぶん、最後も出さずに終わったはずよ」

筋金入りの遅漏《ちろう》らしい。こんな愛らしい女性を抱いても、満足しなかったというのだから。

（そう言えば、岸端さんのときはどうだったんだろう）

沙知子は気持ちよすぎて失神したようだから、最後に夜這い男が射精したかどうかわからなかったであろう。ただ、途中で果てたなんて話はなかった。

（もしかしたら、セックスでなかなかイケないものだから、色んな女性を相手にしてるんだろうか）

自分とからだの相性がいい女性を探すために、夜這いをしているのだとか。それとも、射精に至るための昂奮と刺激を得ることが目的なのか。

しかしながら、沙知子や綾奈といった魅力的な人妻たちと交わってイケないのなら、誰としたところで無理な気がする。

(だけど、本当にそんなことってあるのかな?)

単にコンドームを着けていたから、出されたことに気がつかなかっただけではなかろうか。

「あ、あと、クンニがとっても上手だったの」

あけすけな発言に、幾太は絶句した。

「あたしが目を覚ましたとき、パジャマの前をはだけられて、下は全部脱がされていたのね。乳首が勃《た》ってたから、おっぱいも吸われたと思うんだけど、クンニが気持ちよくって起きちゃったのよ」

目をキラキラさせて、綾奈が嬉しそうに打ち明ける。あどけない面差しと、淫らな発言のギャップにもそそられた。

幾太は勃起した。蒲団に坐らされ、甘い匂いに包まれたときから、あやしい心持ちになっていたのだが、ここに来て一気に劣情へと昇華されたようである。

「それじゃあ、アソコを舐められたときには、旦那さんだってわからなかったんですか?」

内なる欲望を悟られぬよう、平静を装って訊ねる。すると、綾奈が今さら気がついたように「ああ」とうなずいた。

「そのときは、深く考えなかったのよ。だって、そんなことをするのってダンナ以外に思いつかなかったし、エッチするのも久しぶりだったから」

やはり夫婦の営みから遠ざかっていたようである。欲求不満だったせいで、愛撫やセックスをたやすく受け入れてしまったらしい。

「あたし、クンニで二回もイカされたから、そのあとオチンチンを挿れられただけでイッちゃったの。すぐにダンナのオチンチンじゃないって気がついたんだけど、続けてズンズン突かれちゃったし、気持ちいいからそのままましてもらったの」

ピンクのパジャマが愛らしく似合う若妻は、見た目こそあどけなくても、肉体はしっかり成熟しているようだ。二十八歳だし、結婚して七年も経っている。セックスの歓びを知っていて当然か。

そう頭では理解できても、あられもない発言が休みなく飛び出して、すっかり毒気を抜かれたようになる。そのくせ、股間のシンボルはギンギンで、ズボンの前を突っ張らせていた。

4

「え、幾太クン、勃起してるの？」

いきなり指摘され、幾太は狼狽《ろうばい》した。綾奈の視線が自身の中心に向けられていることに気がつき、慌ててそこを両手で隠す。

しかしながら、すでに手遅れだった。

「ひょっとして、あたしの話を聞いて昂奮した？」

事実をズバリと指摘され、否定できなくなる。

「……はい」

仕方なく認めると、彼女が坐ったまま距離を詰めてきた。

「ねえ、ちょっといい」

「え？」

「手をどけて」

言われて、戸惑いつつも従ったのは、澄んだ目でじっと見つめられたせいだ。少女みたいに無垢《むく》な眼差しで、拒むことができなかった。

「あううう」

腰が震える快さに、たまらずのけ反る。そのままひっくり返りそうになり、幾太は両手を後ろに突いて支えた。

「わ、かったーい」

無邪気な声に、頬がカッと熱くなる。

「すごいね。カチカチだよ。痛くないの？」

もちろんそんなことはなく、ズボン越しに握られた今は、むしろ気持ちいい。綾奈だって、そのぐらいのことはわかっているはず。

「こんなになったら、アレを出さないと苦しいよね」

「あ、綾奈さん……」

「幾太クンには、わざわざウチまで来てもらったんだし、このぐらいはお世話させてちょうだい」

ということは、勃起をおとなしくさせるために、欲望を処理してくれるというのか。もっとも、年下の男を気遣《きづか》ってというより、自らの好奇心を優先させているようである。

実際、彼女は嬉々として幾太のズボンの前を開いた。

「おしりを上げて」

言われたとおりにすると、ズボンとブリーフをまとめて引き下ろされてしまう。

「あ、そんな」

焦って両脚を閉じても、すでに手遅れだった。下半身の衣類は爪先から抜かれ、蒲団の脇に放られる。

「わ、すごい」

血管の浮いた胴体を誇示する牡器官に、若妻が目を見開いた。

「ホントに元気。アタマのところ、真っ赤に腫れちゃってる」

見たままを口にして、手を差しのべる。反り返って下腹にへばりつく肉筒を、ちんまりした手で握った。

「むふっ」

太い鼻息がこぼれる。柔らかな指がうっとりする喜悦をもたらしたのだ。

「こんなに硬いオチンチンって、初めてかも」

沙知子と同じような感想を述べた綾奈は、握り手をそろそろと動かした。

「あん、ゴツゴツしてる」

悩ましげにつぶやき、唇を思わせぶりに舐める。お世話をさせてと彼女は言ったが、おフェラをしたくなっているのではないか。

（綾奈さんとまでこんなことをするのは、まずいんじゃないか……？）

手で愛撫するだけであっても、夫がいるのだから立派な浮気だ。まあ、すでに夜這い男を相手に、過《あやま》ちを犯しているのだけれど。

だからと言って、自分のほうが罪は軽いとはならない。いっそ同罪だ。

「幾太クンのもおっきいよね」

唐突に言われて、幾太は面喰らった。

「そ、そうですか？」

「うん。ダンナのよりもおっきいよ」

挿入されただけで違いがわかったぐらいだから、綾奈の夫はかなり控え目なサイズなのかもしれない。それでもこんなに可愛い奥さんをもらえたのだから、男にとってペニスの大きさは重要ではないのだ。

それでも、褒められれば悪い気はしない。

「大きいし、硬いし、あたし、幾太クンのオチンチン、気に入っちゃった」

「……こ、光栄です」

「ねえ、幾太クンって童貞？」

いきなりの質問に、ドキッとして焦る。

「ち、違いますよ」

「そう？　オチンチン、すごく綺麗なんだけど。サオも綺麗な肌色だし、アタマのところもシミとかなくて、ツヤツヤしてるし」

見た目の清らかさから、経験がないと思ったらしい。

セックスは一度しかしていないし、しかもつい先週のことだ。それでも、嘘をついているわけではない。

にもかかわらず、幾太が動揺したのは、いつ体験したのかを詮索されたくなかったからだ。嘘をつくのは苦手だし、ボロを出して、沙知子に童貞を捧げたことがバレるかもしれない。

幸いにも、綾奈はそこまで訊ねなかった。その代わり、

「オチンチン、舐めてあげようか？」

と、淫蕩な目つきで小首をかしげる。

「手よりもお口のほうがいいでしょ。そのほうが早くイケるだろうし」

などと言いながら、彼女自身がしゃぶりたかったようである。その証拠に了承を待つことなく、屹立の真上に顔を伏せた。

「ううっ」

幾太は呻き、脚をのばして膝を震わせた。若妻が亀頭を口に含み、飴玉みたいにしゃぶったのである。

（いけないよ、こんなの——）

なぜだか沙知子の顔が浮かび、罪悪感を覚える。最初の女性になってくれた彼女を、裏切っている気がしたのだろうか。

もっとも、あのあと沙知子は夫とセックスして、かなり満足した様子だった。そもそも人妻なのであり、恋人にはなれないのだ。

だったらかまわないかと、くすぐったいような快さに身を委《ゆだ》ねる。綾奈はピチャピチャと無邪気に舌を躍らせながら、口からはみ出した肉棹に指の輪を往復させた。

そのため、坐っていることすら困難になる。

蕩けるような悦びに負けて、幾太は仰向けになった。シーツに染み込んだ甘い香りに包まれ、腹を大きく波打たせる。

それでも、若妻に奉仕させる罪悪感は、簡単には消えない。こんなことまでしてもらうなんて罰当たりだと思いつつも、沙知子にフェラチオをされたときよりは心情的には楽だった。

なぜなら、家で入浴したあとに出てきたからである。ちゃんと綺麗にしたから、汚れや匂いを気にする必要はなかった。

とは言え、一方的に快感を与えられるのは気が引ける。早くも頂上が迫りそうな予感があったし、自分ばかりがさっさと昇りつめるのは、あまりにだらしない。せめて一矢を報いたかった。

「あの……おれにもさせてください」

頭をもたげて告げると、綾奈が舌の動きを止める。秘茎にまといついた唾液をチュッと吸ってから、窺うように顔をあげた。

「え、させてくださいって？」

問いかけながらも、眼差しに期待の色が見える。彼女も求めているのだと察して、幾太は思い切って告げた。

「おれも、綾奈さんのアソコを舐めたいです」

夜這い男のクンニリングスに感じさせられたと言ったが、もともと舐められるのが好きなのではないか。事実、幾太の申し出も拒まなかった。

「え、してくれるの？」

と、嬉しそうに頬を緩める。

「はい。是非させてください」

「だったら、いっしょに舐めっこしよ」

綾奈は身を起こすと、いそいそとパジャマズボンを脱いだ。それも、中のパンティごとまとめて。

デルタゾーンの恥毛が目に入り、胸が高鳴る。しかし、そんなのは序の口だった。

彼女は大胆にも、幾太の上に逆向きで跨がったのだ。

（わっ）

ぷりっと丸いおしりを差し出され、思わずのけ反る。かなり伸びている縮れ毛に隠れがちな秘苑ばかりか、薄らセピア色に染められたアヌスまで晒された。

可愛い顔をして、綾奈はシモの毛がかなり濃かった。範囲も広く、短めのものがアヌスも取り囲んでいたのである。

童顔で剛毛。いやらしすぎる光景に、劣情がふくれあがる。

そこに至ってようやく、幾太は舐めっこの意味を理解した。シックスナインを求められているのだと。

「おまんちょ見える？」

子供っぽい俗称にもドキドキする。叢《くさむら》に隠れてよく見えなかったので、返事をする代わりに、小ぶりのヒップをぐいと引き寄せた。一刻も早く、その部分と密着したかったのだ。

「キャッ」

綾奈が悲鳴を上げる。バランスを崩し、何かに縋《すが》ろうとしてか、牡の屹立に両手で摑まった。

むにゅん——。

柔らかなお肉が顔面でひしゃげ、尻の谷に鼻面がもぐり込む。

彼女も入浴後だったようで、一帯はボディソープの清潔な香りを漂わせていた。その中にひそむ、蒸れた趣《おもむき》のあるチーズ臭を嗅いで昂奮する。

(これが綾奈さんの……)

沙知子の濃密な秘臭を知ったあとでは、もの足りないぐらいだ。それでも、人工的な香料とは明らかに異なるまなめかしさに、握られた分身が雄々しく脈打った。

おまけに、唇に触れた秘割れには、すでにヌルヌルしたものがまぶされていたのである。

綾奈は、最初からこういう展開を想定していたわけではあるまい。幾太を部屋に迎え入れたときには、ごく普通の態度を見せていた。

ところが、夜這いの件を告白し、そのときの快感を思い出すことで、たまらなくなったのでないか。だから秘部が濡れ、本来のかぐわしさを取り戻したに違いない。

幾太がエレクトしているのを目ざとく見つけ、ためらいもせず握ったのも、内なる衝動にのっとってだと考えられる。

(やっぱり舐められたいんだな)

ならばお望みどおりにと、舌で陰毛をかき分け、恥割れに差し入れる。

「あひッ」

鋭い嬌声がほとばしる。ちょっと触れただけなのに、下半身がビクンとはずんだ。

(すごく敏感みたいだぞ)

粘膜部分にこびりついた、ほんのり塩気のある蜜汁を舐め取ると、「いやぁっ」と切なげなよがり声が聞こえた。

「キモチいい。もっとぉ」

正直なおねだりが好ましい。

幾太が舌を躍らせると、「くぅうン」と仔犬みたいに鼻を鳴らす。舐めっこをするのだと思い出したか、はち切れそうな男根を再び口に含んだ。

チュパッ――。

軽やかな舌鼓に続いて、丸い頭部をねぶられる。さっきの味わうような舌づかいとは異なり、快感の著しいねっとりした奉仕であった。

それでも危うくならずに済んだのは、年上の若妻を感じさせるべく、クンニリングスに集中していたからであろう。

秘毛が多いために苦労しつつも、敏感な肉芽をほじり出す。それを尖らせた舌先でチロチロとはじけば、臀部から太腿にかけての柔肉が痙攣した。

「ンふっ、んんん、んふぅ」

肉根を頬張ったまま、綾奈が気ぜわしく鼻息をこぼす。それが陰嚢に吹きかかり、こそばゆくて背中がムズついた。

(こっちも感じるのかな?)

好奇心に駆られ、アヌスに舌を這わせてみる。ヒクヒクと収縮するさまが愛らしく、ちょっかいを出したくなったのだ。

「んっ!」

その瞬間、綾奈が動きを止める。可憐なツボミが、磯《いそ》の生物みたいにキュッとすぼまった。

けれど、クレームはない。フェラチオも再開された。

咎《とが》められないのをいいことに、幾太は秘肛を悪戯《いたずら》し続けた。とは言え、そこばかりではなく、ちゃんと秘め園も愛《め》でたのである。

行ったり来たりで二箇所に口淫奉仕をすれば、アナル舐めでは顕著な反応を見せなかったものの、クリトリスに戻ったときに身を切なげにくねらせた。肛穴への刺激が、クンニリングスの快感を高めたふうだ。

そのうち、肉棒をしゃぶる舌づかいが疎《おろそ》かになってきた。悦びが高まって、お返しをする余裕がなくなったようである。

（これならイクかもしれないぞ）

そう思った矢先に、

「はふンッ！」

大きく喘いで裸の下半身をはずませた綾奈が、ぐったりと脱力する。ペニスを口から解放し、ハァハァと気怠げな呼吸を繰り返した。

（え、イッたのか？）

唐突なオルガスムスに、幾太は面喰らった。まさかと思ったものの、彼女が転がるように上から降りたから、間違いなくそうなのだ。

身を起こし、シーツにしどけなく横たわった若妻を見おろして、ようやく絶頂に導いた実感が得られる。瞼を閉じたまま、半開きの唇から息をこぼす彼女は、童顔なのにやけに妖艶《ようえん》だ。

「だいじょうぶですか？」

声をかけると、瞼がゆっくりと持ちあがる。焦点の合っていなさそうな目でこちらを見あげ、

「……イッちゃった」

綾奈が掠《かす》れ声でつぶやいた。

「急だったから、びっくりしました」

幾太が言うと、彼女は咎めるように眉をひそめた。

「しょうがないじゃない。幾太クンが悪いんだから」

「え、おれが？」

「あたし、幾太クンたちと初めてお店で会った頃を思い出してたの。まだ高校生だったときの」

話が見えずに戸惑うと、綾奈は遠い目をして見せた。

「あの幾太クンが、あたしのおまんちょだけじゃなくて、おしりの穴まで舐めてるんだもの。そう考えたら、すごく昂奮しちゃったのよ」

幾太には、綾奈は昔とまったく変わっていないように見えた。一方、彼女はと言えば、高校生から社会人へと成長した幾太を、大人になったと捉えていたらしい。そのため、子供だったあの子がと、感慨深いものがあるのだろう。

心情を理解して、照れくさくなる。幾太だって、幼い頃を知っている女の子にフェラチオをされたら、あの子がこんなことをと、滅茶苦茶昂奮するに違いない。

まあ、現実には起こりそうにないけれど。

「それに、幾太クンのクンニ、とっても上手よ。キモチよかったわ」

褒めたあとで、綾奈は軽く睨んできた。

「ただ、おしりの穴まで舐めるとは思わなかったけど。真面目そうな顔して、案外ヘンタイさんなんだね」

これには、幾太も肩をすぼめるしかなかった。

「すみません……」

やり過ぎたかと、いちおう謝罪する。

「エッチのときは、いつもおしりの穴を舐めるの？」

「いいえ、違います。舐めたのは、今日が初めてです」

「どうしてそんなことしたの？」

「それは……なんか、可愛いと思って」

正直に答えたのであるが、彼女は本気にしなかったようだ。

「バカ、可愛いわけないでしょ」

そう言って、素速く身を起こす。耳が赤くなっていたから、照れ隠しだったのかもしれない。

(本当は、舐められて気持ちよかったんじゃないのかな？)

それがバレたら恥ずかしくて、こちらを非難したのではないか。

「じゃあ、あたしも幾太クンをイカせてあげなくちゃね」

綾奈に胸をどんと突かれる。抗うすべもなく、幾太は無様《ぶざま》にひっくり返った。

「あああッ」

すぐさまペニスを頬張られ、喜悦の声をあげる。

「ん……ンふ」

鼻息をこぼしながら、彼女は頭を上下させて筒肉を吸いたてる。さっきまでよりも激しいフェラチオに、幾太は身悶えた。

(ああ、そんな)

柔らかな唇が、筋張った肉胴を忙しく摩擦する。舌も巻きつけられ、ニュルニュルと動かされるものだから、あまりの気持ちよさに目の奥で火花が散った。

おかげで、ぐんぐん上昇する。

明らかに綾奈は、射精させるつもりなのだ。そうとわかって幾太が躊躇《ちゅうちょ》したのは、できればセックスをしたかったからである。

とは言え、彼女は人妻だ。不貞行為を求めるのははばかられた。たとえ、すでに一線を越えているのに等しくても。

「あ、あ、綾奈さん」

新たな感覚が生じて、幾太はたまらず声をあげた。綾奈が陰嚢を揉んだのだ。

そこはデリケートな部位であり、男の急所でもある。オナニーのときだって触れたことはなかった。

よって、刺激するとこんなにも快いのだと、初めて知った。

もちろん、自分でさわっても気持ちよくはあるまい。若妻のしなやかな指で、やわやわと優しくマッサージされているからこそなのだ。

(綾奈さん、旦那さんにもこういうサービスをしてるのかな……)

おそらく閨房《けいぼう》で学んだテクニックなのだろう。見た目はあどけなくても、男を歓ばせる方法を心得ているようである。

幾太は早くも危うくなった。

「あ、綾奈さん、もう」

差し迫っていることを伝えても、口ははずされなかった。指も舌も動き続け、タマもサオも快美にひたる。

（え、いいのか？）

精液を出させるつもりなのはわかっている。だが、このままだと彼女の口内にほとばしらせてしまう。

さすがにそれは申し訳なくて忍耐を振り絞ったものの、経験が浅い身では人妻の敵ではなかった。歓喜のトロミが屹立の根元で煮えたぎり、オルガスムスの導火線に火がついた。

「ううう、い、イキます」

堪えようもなく予告して、悦楽の流れに身を投じる。綾奈が若茎を強く吸いたてたため、熱い滾りが高速で駆け抜けた。

「うあああっ！」

亀頭がはじける感覚と同時に、快い衝撃が脳に響く。さらに二陣、三陣が尿道を通過するのに合わせて、からだがビクッ、ビクッと痙攣した。

「ン……んく」

喉を鳴らす声が聞こえる。次々と溢れるザーメンを、綾奈が呑んでいるのだ。ポンプで絞り出すみたいに、玉袋をモミモミしながら。

(ここまでしてくれるなんて……)

申し訳なさも、めくるめく快感に打ち消される。幾太は桃源郷にひたり、体液を放ち続けた。

最後の雫が鈴口から滲み出て、舌で舐め取られる。そこで終わりとはならず、過敏になった亀頭をしつこくねぶられた。

「も、もういいですから」

幾太は身をよじり、泣き言を口にした。くすぐったさを強烈にした気持ちよさに、悶絶しそうだったのだ。

「ふう」

ようやく口がはずされ、若妻がひと息つく。脱力して手足をのばした幾太の耳に、驚きを含んだ声が聞こえた。

「すごく元気なんだね」

「……え？」

荒ぶる呼吸を持て余しつつ、のろのろと頭をもたげれば、そそり立つ肉棒越しに童顔が見えた。かなりの量を放ったはずなのに、そこは少しも萎えていなかったのだ。

（またかよ）

沙知子とセックスしたあともそうだった。初体験で昂奮しすぎたためかと思ったが、また同じことになるなんて。

己《おのれ》の浅ましさが露呈したようで、気詰まりさを覚える。いや、綾奈がしつこくしゃぶり続けたせいだと責任を転嫁しようとしたとき、

「でも、よかった」

彼女が嬉しそうに口許をほころばせたのである。

「え、よかった？」

「だって、これならすぐにエッチできるもの」

フェラチオだけで済ませるつもりはなかったようだ。余計な手間をかけることなく交われると、喜んでいるのが窺える。

願いが叶って、幾太も胸がはずんだ。もはや人妻と関係を持つことへの抵抗などない。こんなにも短い期間でふたり目の女性を知ることができるなんてと、幸運を噛み締めた。

綾奈は起き上がると、膝立ちで幾太の腰を跨いだ。屹立を逆手《さかて》に握り、その真上で腰を下げる。

「カチカチだね」

艶っぽい微笑を浮かべ、穂先を女芯にこすりつける。温かな蜜が亀頭粘膜にまぶされ、クチュクチュと音を立てた。

「あん、キモチいい」

うっとりした面差しを見せる彼女は、愛らしくも淫らだ。いよいよ結ばれるのかと思うと気が逸《はや》り、分身がせわしなく脈打った。

「ふふ、元気。そんなにしたいの？」

悪戯っぽい目で問われ、幾太は何度もうなずいた。

「それじゃ、挿れさせてあげるね」

などと、恩着せがましいことを言いながらも、綾奈は明らかにワクワクしている。したいのはお互い様なのだ。

肉槍に重みがかけられる。濡れた穴に先端がもぐり込んだかと思うと、あとはスムーズに温かな女体へと埋没した。

「はああッ」

若妻が胸を反らし、背すじをピンとのばす。パジャマの上半身が、ワナワナと震えるのがわかった。

(ああ、入った)

熱い締めつけを浴びて、幾太も快さに漂った。見た目の幼さと関係しているのか、沙知子の膣よりも狭いようである。

(これなら、旦那さんのがそんなに大きくなくても、気にならないかも)

などと、いささか失礼なことを考えたとき、

「あん、ホントにおっきい」

綾奈がうっとりした声音で言う。自分のモノはそんなに立派なのかと、自信を持った幾太であったが、

「でも、夜這いしたひとのほうが、もっと大きかったけど」

聞きたくもなかった情報に、少し落ち込んだ。

(こんなときに比べなくてもいいじゃないか)

セックスをさせてくれた恩も忘れ、不平を募らせる。すると、彼女がはにかんだ笑みをこぼした。

「だけど、あたしは幾太クンみたいに、硬いオチンチンが好きよ」

嬉しいひと言で、即座に機嫌を直す。

「あたしがしてあげるから、幾太クンはじっとしてて」

綾奈が腰を緩やかに動かした。最初は前後に振り、次第に回転へと移行する。

「あ、あ、感じる」

よがり声もはずみだした。

一度果てたあとゆえ、幾太はいくらか余裕が持てた。自分は仰向けで寝そべっているだけで、何もせずに済んだおかげもあったろう。

そのため、女体内部の感触を、じっくりと味わうことができた。

若妻の蜜道は、ただ狭いだけではない。柔らかな粘膜がぴっちりとまといつき、ヒダも多いようだ。それが敏感なくびれを心地よく刺激してくれる。

「と、とても気持ちいいです」

求められずとも感動を伝えると、彼女は嬉しそうに目を細めた。

「もっとよくなっていいよ。あ、でも、出そうになったら言ってね」

さすがに、中で射精させるわけにはいかないようだ。妊娠しやすい期間なのかもしれない。

綾奈は両膝を立てると、腰を上下にはずませだした。パツパツと、股間のぶつかり合いが湿った音を立てるほどに。

「あ、あ、あん、キモチいぃ」

悦びを訴え、息づかいを荒くする。

歓喜でからだが火照ったのか、逆ピストンを続けながら、彼女はパジャマのボタンをはずした。前をはだけるとブラジャーはしておらず、ふっくらした盛りあがりの乳房があらわれる。

そこをいじってほしいのだと察して、幾太は両手を差しのべた。マシュマロみたいに頼りなげな乳肉を揉み、頂上の突起を摘まむ。

「はふン」

綾奈が切なげに喘ぐ。赤みの強いピンク色の乳頭は、ちょっとクリクリしただけで硬くなった。

「あうう、え、エッチぃ」

なじりながらも、もっとしてほしそうに上体を前に倒す。両手を幾太の胸についてからだを支えると、腰づかいをいっそう激しくした。

「ああ、あ、いいの。オチンチン、硬いのぉ」

あられもないことを口走り、「ううう」と呻く。乳首責めが功を奏したのか、早くも頂上に達しそうな雰囲気だ。

引き込まれて、幾太も果てそうになる。

（まだだぞ。我慢しろ）

できればセックスでも、彼女をエクスタシーに導きたい。動くことができず、ペニスを快楽の道具に使われるかたちであっても、先に終わるのは男としてのプライドが許さなかった。

歯を食い縛り、募る射精欲求を追い払っていると、

「あ、あっ、イッちゃう」

綾奈が極まった声をあげる。今だとばかりに、幾太は乳首を指先でこすりまくった。

「あああぁ、イッちゃう、イクッ、イクッ、も、ダメぇええええっ！」

高らかなアクメ声を放ち、若妻が昇りつめる。半裸のボディを、前後にガクガクと揺すって。

「あ、綾奈さん、おれも」

いよいよ限界が近づいて声をかけると、脱力しかけた彼女が股間から飛び退く。膣からはずれ、白く濁った淫液をこびりつかせた陽根を、すぐさま握った。

「くあああ」

しごかれて、愉悦の高波が襲来する。幾太は腰を浮かせてのけ反り、牡のエキスを勢いよく射出した。

「やん、出た」

二度目とは思えない濃いものが、放物線を描いて飛ぶ。綾奈が休みなく手を動かし続けてくれたから、香り高い樹液がドクドクと溢れた。

「ああ、あ、あああ……」

からだをピンとのばし、最後の一滴まで気持ちよく射精する。ほとばしったものがどこに飛んだのかなんて、確認するゆとりはなかった。

「すごい……いっぱい出た」

感に堪《た》えないつぶやきが、耳に遠い。柔らかな手指の中で、分身がようやく力を解くのを感じたとき、
チュッ——。

白濁汁の滲む鈴口を、綾奈が吸う。強烈な快美感が体幹を貫き、幾太は感電したみたいに総身を震わせた。

第三章　未亡人の白昼夢

1

翌日の昼食休憩の時間、幾太は沙知子とふたり、役場の休憩室を使った。

今日はどちらも弁当である。仕事が途切れなかったものだから、すでに午後二時近かった。畳敷きの四畳半は仮眠に使われることもあったが、この時間になれば誰も来ないであろう。

「それで、綾奈ちゃんはなんて言ってたの？」

折りたたみの小さなテーブルの上で弁当を広げるなり、沙知子が訊ねる。そのことを確認したくて、待ちきれなかったふうだ。

「あ、はい。ええと――」

綾奈が眠っているあいだに、離れの部屋に忍び込まれたこと、気持ちよくて目を覚ましたが、服に染み込んだ汗の匂いで夫だと思い込んだこと、挿入されて初めて夫でないと気がついたことなど、幾太は手短に話した。

「それじゃ、旦那さんじゃなかったのは確実なのね」

「はい。綾奈さんはそう言ってました」

「そっか……」

深刻そうな表情を見せる沙知子とは裏腹に、幾太はモヤモヤしていた。

何しろ、狭い密室で沙知子とふたりっきりなのだ。加えて、若妻が夜這いされた話をしている。彼女たちとの交歓も思い出され、股間が熱を帯びてきた。

「でも、アレの大きさでわかったっていうのも、綾奈ちゃんらしいわね」

納得顔でうなずいた沙知子に、幾太はつい、

「岸端さんは、そいつのが大きいとは思わなかったんですか？」

と、露骨なことを訊いてしまった。

「んー、そのときは夢中だったし、特にそんなふうに感じなかったわ」

膣の狭さも関係しているのかと思ったが、幾太は口に出さなかった。それでは沙知子のアソコが緩いみたいだからだ。もちろんそんなことはなく、彼女の具合が抜群な

ことは、中で二度も果てたからわかっている。

「煙草の匂いがしたとは言わなかった？」

沙知子の質問に、幾太は「はい」とうなずいた。その指摘はなかったし、こちらからも確認しなかったのだ。

「まあ、綾奈ちゃんがそう言うなら、旦那さんが夜這い犯ってことはないわね」

しばらく弁当を食べ、会話が途切れる。その間も、沙知子はずっと考え続けているようであった。

おかげで、幾太はいくらか落ち着いた。

（……綾奈さんとセックスしたこと、気づかれてないよな）

愛らしい若妻が、自分と同じように年下の男と関係を持ったとは、沙知子は想像もしないのか。幾太にとっては、そのほうがよかった。童貞を卒業してすぐに、他の女性と抱き合うような軽薄な男だなんて、思われたくなかった。

「どうやって綾奈ちゃんの旦那さんの、服を手に入れたのかはわからないけど、とにかくそいつは煙草を吸っていて、アソコが立派な男ってことね。あと、かなりのテクニックがあって――」

そこまで言って、沙知子が「あっ」と声を洩らした。

「どうしたんですか？」

「うん……もしかしたら、誰なのかわかったかも」

「え、誰ですか？」

「睦見《むつみ》さんって知ってる？」

その名前に聞き覚えはなかったので、幾太は「いいえ」と首を横に振った。

「林業をしている方で、わたしももう何年もお会いしてないんだけど、二十代のときに産業振興課にいたから、仕事や宴席でごいっしょしたことがあったの」

「いくつぐらいの方なんですか？」

「今、ちょうど四十ぐらいじゃないかしら。それで、飲み会のときに、本人じゃなくてまわりのひとたちが、こいつのはデカいって言ってたのよ。あと、若い頃はとにかく女遊びばかりしていたとかって」

若い女性が同席しているところで、そんな露悪的な話題を出すなんて、明らかにセクハラだ。まあ、田舎だと、そういうのは今でもごく普通にあるのだが。

「その睦見ってひと、独身なんですか？」

「ええ。一度結婚したんだけどね、二年前ぐらいに。だけど、半年も経たずに別れちゃったのよ」

「え、どうしてですか?」

「さあ、そこまではわからないけど。お嫁さんも村外のひとだったし」

周りが囃《はや》すぐらいなら、本当に巨根なのだろう。かつて女遊びが激しかったのなら、テクニックも身についているはず。

おまけに、離婚して今は独りだという。欲求不満を募らせて、夜這いをしたとしても不思議ではない。

(たしかに怪しいな)

同じバツイチながら、役場職員の島野よりも夜這い犯の可能性が高い。いや、ほぼ決まりではないか。

「じゃあ、その睦見さんを探ってみます」

幾太の言葉に、沙知子が首をかしげた。

「探るって、どうやって?」

「まず、本人に会って——」

そこまで言って、さて、いったいどうすればいいのかと考え込む。夜這いをしましたかなんて、いきなり訊ねるわけにはいかない。

「ま、まあ、とりあえず様子を窺ってから、方法を考えます。尾行すれば、尻尾を摑めるかもしれませんし」

「そうね。わたしか綾奈ちゃんがセックスすればわかるかもしれないけど、そういうわけにはいかないし」

大胆な発言にドキッとしたものの、幾太はちょっと安心した。

（夜這い男ともう一度なんて気持ちは、全然ないみたいだな）

夫と久しぶりに抱き合って、他の男を試したいとは思わなくなったようだ。それは夫婦にとってもいいことだと思いつつ、ちょっぴり心残りもある。

なぜなら、沙知子との戯《たわむ》れは、二度とないということなのだから。

「あ、ところで、綾奈ちゃんともセックスしたの？」

出し抜けの質問に、幾太は目一杯狼狽した。

「な、ななな、何を言ってるんですか？」

否定したつもりであったが、ここまで動揺したら認めたも同然である。

「あ、やっぱりしたのね」

最初からわかっていたふうにうなずかれ、もはや誤魔化すことは不可能だった。

（……どうしてバレたんだろう）

もしかしたら、綾奈が教えたのだろうか。まさか、硬いオチンチンを試してみたらなんて、前もって沙知子がけしかけたなんてことはあるまいが。

「べつに、綾奈ちゃんに聞いたわけじゃないのよ」

こちらの内心を見透かしたみたいに、沙知子が言う。

「だったら、どうしてわかったんですか？」

訊き返して、幾太はしまったと口をつぐんだ。自分から認めてしまったことに気がついたのだ。

「まあ、わたしがああいうことをしちゃったっていうのもあるし、綾奈ちゃんのところにも夜中に行ったじゃない。話す内容も内容だし、そういうことになってもおかしくないなって思ってたの。で、今日の淀川君を見て、ピンときたのよ」

何らかの変化を感じ取ったらしい。女の勘というやつかもしれない。

「……すみません」

居たたまれなくなって謝ると、人妻が眉をひそめた。

「べつに謝らなくてもいいんだけど。誰とセックスしようが、淀川君の自由なんだから」

そうやって突き放すみたいに言われると、ますます肩身が狭くなる。沙知子の口調にも、どことなくトゲがあるように感じられた。

「まあ、ちょっとは妬《や》けちゃうけどね。だって、わたしは淀川君の、初めてのオンナなわけだし」

オンナという言葉がやけに生々しく聞こえて、胸が高鳴る。さっきのモヤモヤがぶり返し、落ち着かなくなった。

すると、彼女がやけに艶っぽい目で見つめてくる。

「ねえ、ちょっとだけオチンチン見せてくれない？」

「え？」

「確認したいのよ」

どういう意味なのかさっぱりわからない。なのに、幾太は中腰になり、ベルトを弛《ゆる》めた。まるで暗示にでもかかったみたいに。

おそらくは、快感への期待があったからだ。

ためらいながらも、ズボンとブリーフをまとめて膝までおろす。中途半端に昂《たかぶ》っていたため、ペニスは水平まで持ちあがっていた。

「あら、もう勃《た》ってたの？」

にじり寄ってきた沙知子が目を細め、口許をほころばせる。前はギンギンに反り返ったそこを見られたのであるが、恥ずかしさは変わらない。

ただ、ここが役場の中ということもあって、背徳感が著しい。妙にゾクゾクしたのも事実である。

しなやかな指が差しのべられ、筒肉に巻きつく。うっとりする快さが劣情の血潮を呼び込み、そこはたちまち力を漲《みなぎ》らせた。

「あん、すごい」

指をはじきそうに反り返った男根に、人妻が目を瞠《みは》った。握り直し、ゆるゆるとしごいてくれる。

「あ、あ、岸端さん」

幾太はたまらず畳に尻をついた。悦《よろこ》びが全身に行き渡り、分身も限界まで膨張する。

「硬くなったわ」

沙知子がうっとりしたふうにつぶやく。ちゃんと勃起するか確認したかったのかと、幾太は快感にぼんやりする頭で考えた。

すると、彼女が真顔で見つめてくる。

「これが最後よ」

幾太だけではなく、自分自身にも言い聞かせているような口振りだ。夫を裏切る行為はもうしないから、最後に名残を惜しみたいというのか。

沙知子が顔を伏せる。手にした牡のシンボルを、ためらうことなく口に含んだ。

「ううう」

舌が敏感なところをヌルッとこする。腰が砕けそうになる気持ちよさに、幾太はのけ反って天井を見あげた。

飲み会のあとでしゃぶられたときよりはマシとは言え、仕事中だったのだ。股間は蒸れていたし、汗や尿で汚れているはず。

けれど、彼女はそれがいいのだと言わんばかりに、チュパチュパと音を立てて吸いねぶった。

「き、岸端さん、おれも——」

せめてお返しをしたくて声をかける。沙知子はペニスを咥えたまま、首を横に振った。遠慮しているだけだろうと下半身に手をのばすと、ようやく口をはずした。

「ダメよ」

上目づかいで拒まれ、幾太は手を引っ込めた。

「どうしてですか？」

「わたしのオマンコは、もう淀川君のものじゃないの。ごめんね」

やはり彼女は、夫への操《みさお》を立てているようだ。

残念ではあったが、仕方がない。最後にフェラチオをしてもらえるだけでもラッキーなのだ。

「イキたくなったら、我慢しないで出しなさい。わたしの口の中に」

唾液で濡れた肉根をヌルヌルとこすりながら、人妻が告げる。

「え、でも」

幾太はためらったものの、

「わたし、淀川君のが呑みたいの」

強く求める眼差しに、「わかりました」とうなずいた。

フェラチオが再開される。尖らせた舌先がくびれの段差を執拗にこすり、性感が急角度で高まった。

(うう、まずい)

早くも限界が迫ってくる。

頂上が近いと悟ったか、沙知子が両手を駆使して快感をもたらす。口からはみ出した肉棹を指の輪でこすり、真下の急所も慈《いつく》しむように揉んだ。

そこまで心のこもった施しをされれば、爆発は時間の問題だった。

「あ、あ、もう出ます」

少し早めに予告したのは、口をはずす猶予《ゆうよ》を与えるためだ。青くさい体液で、先輩の口内を穢《けが》すのは忍びなかった。

ところが、彼女はいっそう熱心に舌を躍らせる。しごく速度もあがって、いよいよ限界が迫った。

「ううう、い、いく」

目の奥が歓喜に絞られ、理性を押し流される。両手を後ろに突き、幾太は牡のエキスを勢いよく放った。

「ん――――」

うずくまった沙知子の肩が、ピクッと震える。一瞬止まった舌が、すぐさま回り出した。次々とほとばしるザーメンを巧みにいなし、喉に落としているようである。

(ああ、出しちまった……)

罪悪感とオルガスムスにまみれ、幾太は総身を震わせた。余韻が長く続き、からだのあちこちがビクッ、ビクッと痙攣する。

指の輪が根元から先端に向かって移動し、尿道内の精液を絞り出す。トロリと溢れたものが吸われて、ようやく口がはずされた。

「ふう」

ひと息ついて、沙知子が顔をあげる。濡れた唇を舐め、うっとりした面差しで見つめてきた。

「淀川君の、濃くてとっても美味しかったわ」

色っぽい微笑も、これが最後かと思うと寂しい。それでも、彼女の優しさに応えるべく、

「おれも、すごく気持ちよかったです」

幾太は心を込めて告げた。

2

休日、幾太は山へ向かった。夜這い犯の可能性が高い睦見が、仕事をしていると聞いたところへ。

その山は、山頂まで狭い林道が通っている。しかし、幾太は麓《ふもと》の県道脇に車を停めると、コンクリート舗装の道を歩いて登った。まずは彼がどんな人間か、こっそり観察するつもりだったから、車で行ったら気づかれると思ったのだ。

とは言え、本人を観察したところで、何がわかるのかなんて見当もつかない。

（証拠の品でも見つかればいいんだけど）

たとえば、綾奈の夫の服とかが。家に置いたらまずいと、山のどこかに捨てた可能性がある。それを発見できたら、動かぬ証拠になるだろう。

サスペンスドラマなら、そういう手掛かりが都合よく見つかって、容疑者が観念するのがありがちなパターンだ。しかし、現実ではまずあり得ない。

そもそも、幾太は捜査官でも探偵でもない。バリバリの素人だ。沙知子は、頭がいいから任せられると期待してくれたが、今となっては重荷に思えてきた。

（ていうか、仮に夜這い男が判明したとして、岸端さんはどうするつもりなんだろう？）

最初に依頼されたときには、もう一度そいつに抱かれたいみたいな動機が窺えた。けれど、幾太との関係も断ち切った今、そんな願望は皆無だろう。

また、訴えるつもりもなさそうである。それならば警察に通報して、きっちり捜査してもらうはずだ。

そうすると、二度としないよう、本人に注意するぐらいが関の山なのか。

（まあ、被害者が増えたら困るものな）

沙知子も、それから綾奈も、夜這いされて傷ついたふうではない。気持ちよかったからまあいいかという感じで、罰を与えようとはさらさら考えていないようだ。あれだけ感じさせてくれたのは誰なのか、興味があるのは確かだろうが。

むしろ幾太のほうが、女性の敵を突き止めたいと、意欲を燃やしていた。

もっとも、そういう不埒《ふらち》な輩《やから》がいたおかげで、童貞を卒業できたばかりか、ふたりの人妻と関係が持てたのだが。

(待てよ。そうするとおれは、夜這い男と穴兄弟になるのか)

生き別れの兄弟ならいざ知らず、イキ別れの穴兄弟では、仮に対面したところで感動はあるまい。などと、くだらないことを考えていると、前方に林道を下ってくる人物がいた。

(え――――)

胸の鼓動が高鳴る。遠目でも誰なのかわかったのだ。

密かに憧れていた二歳年上の美女、照井真季だった。

「あら」

距離が近づくと、彼女もこちらに気がついたようだ。訝るふうに首をかしげたのは、どうしてこんなところで会うのか不思議に思ったからだろう。

それでも、同じ職場の同僚だ。お互いの顔がはっきり見えるところまで近づくと、真季が頬を緩めた。

「こんにちは」

向こうから挨拶をしてくれて、幾太は舞いあがった。

「こ、こんにちは」

普段の真季は、クールな印象が強い。昔からそうだった。

その彼女が声をかけてくれたのである。さらに、屈託なく質問してくる。

「こんなところでどうしたの？」

「ああ、えと、散歩っていうか、運動不足気味なので山道でも歩こうかと」

適当な理由をでっち上げると、真季が「そう」とうなずく。素直に信じてくれたらしい。

彼女がそのまま行ってしまいそうだったので、幾太は焦り気味に話しかけた。

「あの、照井さんは――」

「え？」

きょとんとした顔を見せられて、喉まで出かかった問いかけを引っ込める。

本当は、どうして大学を中退したのか知りたかったのである。けれど、唐突すぎるし、そこまで訊ねるのは僭越《せんえつ》だと悟ったのだ。

「照井さんは、どうしてこっちに戻ってきたんですか？」

当たり障《さわ》りのない質問に変えると、真季はすぐに答えてくれた。

「この村が好きだからよ。わたしのふるさとだし、自然が豊かだし、東京にないものがたくさんあるから」

むしろ村になくて、東京にあるもののほうが多いのではないか。思ったものの、いつになく明るい雰囲気の彼女を見たら、確かにそうだなと素直に納得できた。

「淀川君は？」

「え？」

「どうして東京で就職しなかったの？」

自分が東京の大学に進学したことを、ちゃんと知っているのだ。二歳しか違わないし、今は同じ職場にいる。そもそも狭い村だから、知っていても不思議はないのに、幾太は感激した。

「えと、なんか東京が合わなかったっていうか」

曖昧《あいまい》に答えると、真季が頰を緩める。

「それじゃあ、わたしといっしょね」

憧れの美女の笑顔に、幾太の心臓は狂おしく締めつけられた。もっと話していたか

ったものの、

「じゃあね」

真季は小さく手を振ると、さっさと林道を下っていった。

引き留めるタイミングを逸して、幾太は彼女の背中に「はい、また——」と声をかけた。緊張で声が小さくなり、聞こえたかどうか定かではない。

ジーンズに包まれたヒップが、ぷりぷりと心地よさげにはずむのを、浅ましく見送る。カーブの向こうに後ろ姿が消えると、ようやく緊張がとけた。

「ふう」

ひと息ついて、今のやりとりを反芻する。

『わたしといっしょね——』

共感の言葉が、何よりも嬉しかった。

これからは役場でも、気軽に言葉が交わせるようになるのではないか。そんな期待がこみ上げたとき、（あれ？）と気がついた。

（照井さんの家って、確かこっちじゃなかったよな……）

誰かを訪ねたのかとも考えたが、山腹にあった集落は住む者がいなくなり、今は空き家しかないはずだ。

(親戚の家があって、様子でも見に来たのかな?)

しかし、山頂のほうで夜這い犯かもしれない男が仕事をしているのだ。遭遇したら襲われる恐れがある。

(岸端さんも綾奈さんも美人だし、夜這い男は面喰いみたいだものな)

犯人がわかったら、真季にそれとなく注意してあげよう。彼女を被害者にしてはならないのだ。

夜這い犯を捜索する絶対的な理由が見つかり、幾太は発奮した。足を速め、坂道を登ってゆく。

途中で、林道が二手に分かれていた。

(どっちかな?)

迷ったものの、どちらも山頂に向かっているようだ。また合流するのだろうと見当をつけ、左側に進む。そちらのほうが道脇の雑草が少なく、通行が頻繁にあるように感じられたからだ。

しばらく行くと、広々とした畑に出た。

(あれ、違ったのか?)

村内のあちこちに、耕作されなくなった田畑がけっこうある。けれど、そこはしっかりと耕され、綺麗な畝《うね》がこしらえられていた。植えられた苗も青々と生育し、世話が行き届いているようだ。

その場所からは、麓の景色も一望できた。役場や学校など、中心部の建物が陽射しにキラキラと輝いている。向かいの山々も、緑色が鮮やかだ。

何だか引き返すのが惜しくなる。幾太はその場に佇み、ふるさとの眺めを堪能した。

(やっぱりいいものだな……)

自然が豊かで、東京にないものがたくさんあるという真季の言葉が思い出される。帰ってきてよかったと、ひとりうなずいたところで、後頭部に衝撃があった。

幾太は気を失った——。

(——ん、あれ?)

瞼を開くと、青空が広がっていた。太陽が眩《まぶ》しくて、再び閉じてしまう。

(……おれ、どうしたんだ?)

何があったのかと懸命に考える。夜這い犯の疑いがある男を探しに来たことや、途中で真季に会ったこと、山の畑に出たところまでは容易に思い出せた。

ところが、記憶はそこでふっつりと途切れている。

（目眩でも起こしたんだろうか？）

日頃の運動不足がたたって、昏倒《こんとう》したのか。だが、後頭部に鈍い痛みを感じ、そうではないと悟る。

（おれ、殴られたみたいだぞ）

そのせいで気を失ったようだ。

さらに、前で組んだ手首と、両足首ががっちり縛られていることに気がつく。意識を失っていたあいだに、拘束されたのだ。

（まさか、夜這い魔が⁉）

そう考えたのは、沙知子が手首を結わえられ、弄《もてあそ》ばれたことを思い出したからだ。

しかも、自分はやつを探してここまで来たのである。

もしかしたらそいつは両刀遣いで、男も女もかまわず犯すのだろうか。想像をエスカレートさせ、幾太は震えあがった。せっかく童貞を卒業したというのに、尻のバージンを奪われて、真逆の道に進みたくはなかった。

そのとき、

「起きてるんでしょ？」

声をかけられ、心臓が止まりそうなる。どうやらこんなことをした犯人は、すぐそばで見守っていたようだ。

けれど、あることに気がついて（え？）となる。

（今の声って――）

明らかに女性のものだった。ということは、夜這い魔ではなさそうだ。

だったら、どうしてこんな目に遭わせられるのだろう。何もしていないのに。

（野菜泥棒と間違えられたのかな？）

畑の前にいたから、その可能性はある。だが、まだ作物は生《な》っていなかった。

「目を開けなさい」

命じられ、幾太は恐る恐る瞼を持ち上げた。眩しくて再び閉じようとしたものの、その前に誰かが真上から覗き込んでくる。

やはり女性だった。

（あれ、このひとは――）

見覚えがある。農地の売却に関して、何度か役場を訪れたひとだ。手続き関係で、幾太も関わったのである。

名前も思い出した。沢地《さわち》琴江《ことえ》。三十一歳で、夫を三年前に亡くした未亡人だ。住民課だから、そういう情報が自然と入ってくる。

琴江の夫は農業をしていたが、亡くなって働き手がいなくなったため、田畑の多くを他の農家に譲ることにしたようだ。農地の売却は様々な縛りがあるために容易ではなく、彼女は何度も役場を訪れ、相談していた。要望したとおりに事が済んだのは、ほんの二ヶ月前である。

役場で会ったときの琴江は、おっとりした性格に見えた。涼しげな一重瞼の和風美人だから、そんな印象を持ったのかもしれない。

夫が亡くなってだいぶ経っても、悲しみが完全には癒えてなかったらしい。手続きをしながらあれこれ思い出したのか、涙ぐむような面差しを見せたこともあった。

ただ、今の彼女は、やけに険しい表情だ。実は芯の強い女性なのかもしれない。それこそ男を昏倒させ、拘束するぐらいに。

目玉を動かして確認したところ、琴江はチェックの長袖シャツにジーンズと、アウトドアの装いである。ここは畑だから、農作業をしていたのか。だとすれば、売らずにおいた農地ということになる。

ともあれ、どうして自分が殴られた挙げ句、縛られなければならないのか。

(農地売却の手続きのときの、おれの仕事ぶりが気に入らなかったとか？)

だったらこんなことをしないで、役場にクレームを入れればいい。そもそも担当は農業委員会で、幾太は補助的な手伝いをしただけなのだ。

「あの……どうしておれを――」

質問しようとして言葉を失ったのは、琴江に睨まれたからだ。しかも、親の仇《かたき》でも見るような、憎々しげな目つきで。

さらに、予想もしなかった容疑をかけられたのである。

「あなたなのね、わたしにいやらしいことをしたのは」

あまりのことに、幾太は絶句した。

3

「――な、なな、何を言ってるんですか⁉」

ようやく絞り出した問いかけに、琴江は「フン」と鼻を鳴らした。

「性懲《しょうこ》りもなく、またわたしを襲いに来たくせに」

「そんなことしません！」

「だったら、どうしてこんなところに来たのよ？　ここはウチの畑があるだけなのよ。他人にはまったく用のない場所だわ」

憶えのない罪を着せられ、混乱した幾太であったが、ようやく話が見えてきた。

（てことは、このひとも？）

沙知子や綾奈のように、夜這いされたのであろうか。その犯人が幾太であると、決めつけている様子である。

「誤解です。ていうか、おれが何者なのか知ってますよね？」

問いかけに、彼女は虚を衝《つ》かれたふうであった。戸惑いを浮かべ、幾太の顔をまじまじと見てから、「ああ」とうなずく。

「役場にいたひとね」

「そうですよ。沢地さんが農地を売却するのに役場でお手伝いをした、住民課の淀川幾太です」

身分とフルネームを名乗ると、憎々しげだった面差しがいくらか穏やかになる。勘違いかもしれないと思い始めているかに見えた。

ところが、正体がわかったことで、新たな疑念が湧いたようである。

「そっか。だからわたしが売らずにおいた畑が、ここにあるってわかったのね。それで、わたしが畑仕事しているときを狙って、あのときもここで襲ったんでしょ」

「え、ここで？」

琴江も夜這いされたのかと思ったのである。ところが今の話だと、この場所で夜這い魔に遭遇したようなのだ。

「……あの、沢地さんが襲われたのは、いつのことなんですか？」

「しらばっくれないで。三日前じゃない」

「何時頃ですか？」

「二時ぐらいだったでしょ。わたしがここで、ちょっとお昼寝してたときだから」

やはりこの場所で何かされたのだ。それも平日の昼下がりに。寝込みを襲われたのは沙知子たちと一緒でも、夜這いではなく昼這いか。

「だったらおれには無理です。だって、役場にいたんですから」

「え？」

「証人だっていますよ。同じ住民課の岸端さんとか」

もっとも、沙知子以外にアリバイを証明してくれる者はいない。なぜなら、その日のその時刻は、ちょうど役場の休憩室で、彼女にフェラチオをされていたときだったのである。

「う、嘘ばっかり」

「本当です。何なら、今すぐ岸端さんに電話してください。番号なら、おれのスマホに登録されてますから」

そこまで言われて、さすがに琴江も誤解だとわかってくれたようだ。ただ、一〇〇パーセント納得したわけではなさそうで、縛《いまし》めを解いてくれない。

「だったら、どうしてここへ来たの？」

事実を明かさないことには、信じてくれないだろう。幾太は慎重に言葉を選びながら打ち明けた。

「おそらく、おれが探しているのも、沢地さんを襲った男なんです」

「え、どういうこと？」

「実は、被害に遭ったのは沢地さんだけじゃないんです。おれが知っているだけでもふたり、寝ているところに忍び込まれて、いやらしいことをされました。つまり、夜這いされたんです」

未亡人が驚愕で目を見開く。誰がそんな目に遭ったのか、訊かれたらどうしようかと思ったものの、幸いなことに彼女は、デリケートな問題を暴きたがるような人間ではなかった。同じ立場ゆえ、被害者に同情したためかもしれない。

「おれは頼まれて、犯人を捜しているんです。それで、疑わしい人間がこの山にいるという情報があって来たんです。ただ、道を間違えて、沢地さんの畑に出ちゃったみたいで」

「そうだったの……」

信じてくれた様子ながら、まだ縛めは解かれない。農作業に使うビニール紐のようで、肌に喰い込むほどキツく結ばれていた。

「だけど、そのひとたちは昼間じゃなくて、夜中に忍び込まれたんでしょ？　だったら、わたしにああいうことをしたやつと同一人物とは限らないわ。時間が違っているんだし」

「でも、さっきの話だと、沢地さんも寝ているあいだに襲われたんですよね？」

「まあ、それはそうだけど……仕事のあとお昼を食べて、疲れたからちょっとお昼寝をしてたときだったわ」

「場所はどこですか？」

「あっちの木陰よ」

琴江が指差したほうに、幾太は寝転がったまま苦労して顔を向けた。

畑の奥側に、葉の茂った木がある。彼女はその下で昼寝をしていたらしい。おそらくシートを敷いて。

いくら昼間でも、山の中に女性がひとりでいたら、決して安全とは言えまい。まして無防備に眠っていたら、襲ってくれと言っているのも同然だ。

（これはますます、睦見ってひとが怪しいな）

同じ山で仕事をしているのだ。昼寝しているのを発見し、手を出したのではないか。いや、たまたまではなく、以前から狙っていた可能性もある。

「おれを犯人だと思ったってことは、相手の顔を見てないんですか？」

「ええ。見てないっていうか、見えなかったんだけど」

「見えないって？」

「目隠しをされてたんだもの。おまけに縛られて」

「縛られたって、今のおれみたいに？」

「違うわ。もっと恥ずかしい格好をさせられたんだから」

琴江が頬を赤く染める。辱《はずかし》めを受けたときの記憶が蘇《よみがえ》ったのではないか。

「警察には届けてないんですか？」

「届けられないわよ。あんな恥ずかしいことをされたんだから」

そのとき、未亡人の瞳に狼狽の色が浮かぶ。目を落ち着かなく泳がせたから、襲われたのを恥じ入って訴えなかったわけではないらしい。

幾太はピンときた。彼女も沙知子や綾奈と同じなのだと。

「もしかしたら、沢地さんは誰だかわからないやつにあれこれされて、感じまくったんじゃないですか？」

「え、どうしてそれを──」

指摘されたことを認めかけて、琴江が焦って口を閉じる。おかげで、図星を突いたのだと確信できた。

「他のふたりもそうだったんです。ひとりは目隠しをされていたし、もうひとりは部屋が真っ暗だったから、誰だかわからなかったんです。それで、ふたりともそいつにさんざんイカされて、最後は失神したみたいになったんです」

琴江は目を丸くしたものの、どこかホッとしたふうだった。自分だけではないと知って、安心したのではないか。

「だから、絶対におれは犯人じゃないんです」

「え、どうして？」

「だって、おれはまだ童貞なんですよ。年上の女性をイカせるテクニックなんかありません」

童貞というのは、もちろん嘘である。だが、初体験から二週間も経っていない。テクニックがないのも事実だし、彼女を騙すことに罪悪感はなかった。

「そうなの？」

「はい。東京の大学を卒業して、こっちに帰ってきたのも、向こうで彼女ができなかったからなんです。都会の女の子たちは、田舎者のおれには高嶺の花で、手が出せませんでした」

みっともない事実も告げたことで、琴江は信じたようだ。なるほどという顔を見せたから、幾太が女を知らないと納得してくれたらしい。

「童貞なのに、どうして夜這い男を探すよう頼まれたの？」

「いちおう東京の大学を出ているから、頭がいいだろうってことで。あと、おれがミステリー好きっていうのもありますけど」

「ふうん」

「そういうことですから、これ、ほどいてもらえませんか？」

お願いしたものの、「ダメよ」と撥《は》ねつけられる。

「ど、どうしてですか？」

「あなたの言ったことが本当かどうか、まずは確かめなくちゃ」

いったい何を確かめるというのか。困惑する幾太であったが、彼女の手がズボンの前を開いたものだから大いに焦る。

「ちょ、ちょっと、何を——」

「本当に童貞なのか、調べさせてもらうわ」

ということは、ペニスを観察するつもりなのか。男には女性の処女膜みたいなものはないし、見た目で判断できないのに。

だが、綾奈は幾太と関係を持ったときに、分身が清らかに見えたから、童貞ではないかと疑ったのである。琴江もそんなふうに決めつけるのではないか。

だったら性器を見せるのが、手っ取り早い方法だと言える。

(ここは我慢するしかないか……)

信頼を得るために、多少の恥ずかしさは堪えねばなるまい。覚悟を決めた幾太であったが、ズボンとブリーフをまとめて脱がされるなり、頰が熱く火照《ほて》る。

(ああ、見られた)

昂奮状態ではないから、ナマ白い包皮が亀頭を包み隠しているに違いない。それこそ、いかにもチェリーという眺めであろう。

納得してくれたんじゃないのかなと期待して窺えば、若い牡のシンボルを目の当たりにした琴江は、やけに生真面目な面差しだ。真剣に観察している様子である。

(うう、そんなに見ないで)

居たたまれなくて、身の縮む思いがする。一方、視線を浴びる分身に血液が流れ込み、伸びあがる感覚があった。

（え、どうして？）

美しい未亡人に恥ずかしいところを見られて、昂奮したというのか。それでは露出狂のヘンタイではないか。

性癖を疑われたら、ますます窮地に陥《おちい》るのは必至だ。懸命に理性を奮い立たせ、勃起を阻止しようとしたとき、そこに触れるものがあった。

「くうう」

腰がビクンと痙攣する。頭をもたげれば、しなやかな指がナマ白い秘茎を摘まんでいたのである。

「な、何を——？」

幾太が問いかけると、彼女が「黙って」と叱る。続いて、包皮を剝かれたのがわかった。

「ああ……」

羞恥と快感がない交ぜになる。粘膜部分をあらわにされたのだ。

途端に、海綿体が一気に充血する。

「え、え？」

驚きの声を耳にしながら、幾太は裸の尻を地面から浮かせた。そこは草の上で、チクチクしたのもそうだが、快感でからだが自然と弓なりになったのだ。

そして、五秒と待たずに完全勃起する。

「もう大きくなったの？」

目を瞠った琴江が、筒肉に五本の指を絡める。感触を確かめるようにゆるゆるとしごき、

「すごく硬いわ」

感に堪えない面差しでつぶやいた。

「しょうがないでしょう。おれは童貞なんですよ。女のひとにさわられるのは初めてだし、だからすぐに大きくなったんです」

ここぞとばかりに訴えると、彼女が無言でうなずく。一点を捉えた目が、泣きそうに潤んでいた。

やっと信じてもらえたと、幾太は安堵した。エレクトしたペニスまで晒した甲斐があったというもの。

ところが、琴江の手がリズミカルに上下しだしたものだから、何が始まったのかと

慌てる。

「あぁ、さ、沢地さんっ」

目のくらむ歓喜にまみれ、ハッハッと息を荒ぶらせる幾太の耳に、

「童貞なら、こんなことをされたらたまらないわよね」

挑発的な言葉が届いた。見た目や勃起までの時間だけでなく、感じ方でも経験の有無を調べようというのか。

「だ、駄目です。そんなにされたら出ちゃいます」

それは芝居ではなかった。両手両足を縛られた挙げ句、美しい未亡人に弄ばれるというシチュエーションに、悦びがかつてなく高まったのである。

おまけに、ここは外なのだ。開放的な気分と、こんなところでしていいのかという背徳感が合わさり、幾太の心は乱れた。

何より、琴江の手が、たまらなく気持ちよかったのである。

「いいわよ。出しなさい」

彼女の声が冷淡に響く。それでいて頬が赤らみ、呼吸がはずんでいるようだ。

(沢地さん、昂奮しているのか？)

若い男の肉体を支配して、愉悦を覚えているというのか。夫のことを忘れられずに

いても、三十一歳の成熟したからだが、男を欲したとしても不思議ではない。

もしかしたら、犯人と見なした幾太を拘束したのは、性的な奉仕をさせるためだったのかもしれない。琴江も夜這い魔に辱められ、おそらく何度もイカされたのであろう。もう一度感じさせてほしいと願ってもおかしくはない。

ただ、後頭部を殴って気絶させるなんて、未亡人の仕業《しわざ》にしては荒っぽい。一歩間違えば命を落とした恐れだってあるのだ。そこまでせずにいられないほど、夜這い魔に与えられた快感が忘れられなかったとも言える。

などと考えるあいだにも、幾太はぐんぐん上昇した。

「ううう、ほ、ホントにイッちゃいます」

泣き言を口にすると、未亡人の頰が淫蕩に緩んだ。

「いいわよ。イッちゃいなさい」

握りを強め、しごく速度を上げる。甘美な摩擦で、幾太は折り返し不能のところまで追いやられた。

「あ、あ、出る。いく」

全身に高潮が満ちる。眩しい空を見あげる視界が、真っ白になった感覚があった。

びゅるッ――。

熱いものが屹立の中心を貫く。蕩《とろ》けるような快感を伴って。

「あん、出た……え、こんなに？」

驚く声を耳にしながら、幾太はありったけの精を噴きあげた。

4

「本当に童貞みたいね」

ぐったりして地面に横たわる幾太を見おろし、琴絵がうなずく。手指を彩った白濁汁をそっと嗅ぎ、悩ましげに眉をひそめた。

あたりには草いきれに混じって、青くさい匂いが漂っている。物憂《ものう》い気分の中、幾太はオルガスムスの余韻にひたった。

彼女が手ぬぐいで、飛び散ったザーメンをざっと拭い取る。手首と足首を縛っていたビニール紐も、鎌《かま》で切られた。

（やっと犯人じゃないって信じてくれたのか）

やれやれと思ったものの、膝で止まっていたズボンとブリーフを完全に脱がされたものだから（あれ？）となる。焦って身を起こすと、琴江は奪った衣類を掲げ、勝ち誇ったふうに告げた。

「潔白が証明されたら、これを返してあげるわ」

つまり、まだ疑っているというのか。

(そんなのないよ……)

下半身すっぽんぽんのみっともない格好で、幾太は顔を歪めた。

相手は女性であり、力尽くで取り返すこともできた。けれど、乱暴なことはしたくないし、彼女は鎌を持っている。ペニスを切り落とされたら元も子もない。

幸いにも、そんな猟奇的な趣味はなかったらしい。琴江は鎌を、農具の置かれた場所に戻した。代わりに、短いバットのようなものを手に取る。

「抵抗したら、またこれで殴るわよ」

見た感じ、ゴム製のようである。それで後頭部を殴られたのか。襲われたあと、護身用に手に入れたのかもしれない。

「わ、わかりました」

幾太は怖じ気《おけ》づき、従順な態度を示した。股間のイチモツも頭を垂れ、先端に薄白い雫を光らせる。

「こっちに来て」

彼女は畑の奥、青々と葉の繁った立木の下に進んだ。昼寝していたところを襲われたという場所だ。

(何をするんだろう……)

犯行現場を見せて動揺させ、犯人かどうか見極めるつもりなのか。

木の根元には畳んだブルーシートがあり、琴江はそれを広げた。襲われたときは、その上で昼寝をしていたらしい。

ふたりは靴を脱いでシートに上がった。

「わたしがどんな格好で、あいつにいやらしいことをされたのかわかる?」

「……いえ」

幾太は首を横に振った。何か言ったら疑われそうだったので、なるべく言葉を発しないようにした。

すると、彼女がシートに膝をつく。腰を折ってからだを前に倒し、顔をシートに伏せた。

さらに、両手を膝の脇に移動させたのである。

(え、こんな格好で?)

地面についているのは膝から下と頭部、それから腕のみだ。尻を高く掲げるかたちで腰が折られているから、横から見たら腕を底辺にした直角三角形である。

琴江が横を向く。屈辱的なポーズは着衣でも恥ずかしいようで、顔が真っ赤だ。下向きの頭に、血が昇ったためもあったろう。

「この格好で、手首と膝を縛られたの。そのせいで動けなかったのよ」

ここまでされても起きなかったのだから、それだけ熟睡していたことになる。農作業でかなり疲れていたのではないか。

(農作物は、もともと旦那さんが作ってたみたいだし、まだ畑仕事に慣れていないんだろうな)

そこを夜這い男につけ込まれたらしい。

(だけど、どうしてわざわざこんな格好をしてみせるんだろう?)

耐え難い辱めを受けたことを、年下の男に理解してもらおうとしてなのか。

「ねえ、脱がせて」

唐突な要請に、幾太は面喰らった。

「え、何をですか?」

「ジーンズよ。それから、パンツもいっしょに」

それでは恥ずかしいところがあらわになってしまう。

もしかしたら、幾太の股間を丸出しにさせ、精液が出るまで責め立てたお詫びのつもりなのか。しかし、彼女の意図はそうではなかった。

「わたしが目を覚ましたとき、もうこんな格好にさせられてたの。それで、やめてって泣いて頼んだのに脱がされて、恥ずかしいことをいっぱいされたのよ」

そのときの記憶が蘇ったみたいに、琴江が掲げたヒップを左右に揺らす。快感を欲しがっているかにも映った。

「だから、同じことをされたら、あなたがあいつかどうかわかるはずなのよ」

要は、脱がすときの手つきなどを記憶と照らし合わせて、犯人かどうかを見極めるつもりらしい。そんなことが可能なのか大いに疑問であったが、彼女がそうしろと言っているのだ。視界を奪われていたぶん、他の感覚が研ぎ澄まされて、そのときのことをはっきりと憶えているのかもしれない。

(言うとおりにしないと、納得しないみたいだな)

などと自らに言い聞かせたのは、ジーンズに包まれたたわわな丸みに、劣情を煽られたからでもある。

硬い布に浮かんだ下着のラインもエロチックで、胸がドキドキと高鳴る。しかも、もっとあられもないところを拝めるのだ。

「わ、わかりました」

幾太は声の震えを圧し殺し、尻を掲げた未亡人の真後ろに膝をついた。

（うう、いやらしい）

距離が近づいたことで、豊臀の迫力とエロチックさが増す。ほのかに漂う蒸れた甘酸っぱさは、秘められたところから漂っているのだろうか。

そんなものを嗅いで、いっそうたまらなくなった。

「ほら、早く」

急かされた上に丸みを揺すられ、ためらいが消え失せる。幾太はヒップを抱え込むようにして両手を前に回し、手探りでジーンズの前ボタンをはずした。

（パンツもいっしょにって言ったよな）

つまり、インナーごとまとめて脱がせればいいのだ。一刻も早くナマ尻や秘め園を拝みたくて、幾太はジーンズのウエスト部分に指をかけると、バナナの皮でも剝くみたいに引き下ろした。

「キャッ」

琴江が小さな悲鳴を洩らす。白日の下で白さを際立たせる熟れ尻が、ぷるんとはずんで現れた。

ふわ……。

ぬるい空気がたち昇る。チーズの香りに汗をまぶした、ケモノっぽい牝臭。幾太が来る前に農作業をして、股間が蒸れていたのだろう。

（ああ、これが――）

淫靡な光景にも、頭がクラクラする。

お肉がいっぱい詰まっているふうな双丘は、狭間にぷっくりと盛りあがった、もうひとつのおしりがあった。中心に綺麗なスリットが刻まれ、簡単に毟《むし》れそうな和毛《にこげ》が疎《まば》らに萌《も》えている。

色素の沈着こそ見られるが、恥芯の佇まいはあどけない。そのすぐ上にある秘肛も、放射状のシワがブレなく整っている。

尻肉には、パンティのゴム跡が赤く残っていた。痛々しくもそそられる眺めに、海綿体に血液が流れ込む。

「どうでしたか？」

思い出して訊ねる。夜這い魔と、脱がせ方が同じかどうか確認するために。

「んー」

頼りなさげな呻きが返される。わからないのだ。

（まあ、それもそうか）

命じられるまま従ったけれど、最初から無理があった気がする。そもそも琴江だって、本当に判別できると信じていたのだろうか。

そのとき、太腿の途中で止まっているジーンズの内側が目に入り、心臓がバクンと音を立てる。

（え――）

そこにあったのは、簡素なベージュのパンティだ。いかにも普段穿きというそれは、クロッチの裏地に白い布が縫いつけてある。

その中心に、透明な粘液がきらめいていたのだ。

（沢地さん、濡れてたのか？）

漂うなまめかしい女くささも、昂りの証《あかし》だというのか。

あるいは、若い男を絶頂に導いたことで欲情し、自身も快感がほしくなったのか。夜這い魔に感じさせられたことも思い出して、いっそうたまらなくなったとか。

だからこそ、そのときと同じポーズを取ったのかもしれない。

「……ねえ」

琴江に呼びかけられ、ドキッとする。たわわな丸みが、せがむようにくねった。

「これだけだとわからないから……舐めて」

「え？」

「アソコを舐めてって言ってるの」

大胆すぎる求めに、脳が沸騰するかと思った。

（え、いいのか？）

もちろん、幾太もそうしたかったのである。願いが叶い、矢も盾もたまらなくなった。

（沢地さんが舐めろって言ったんだからな）

だから遠慮はいらないと、かぐわしい苑に顔を埋める。

「え、ちょっと」

なぜだか琴江が抗う。今さら恥ずかしくなったのか。

濃密な秘臭に陶然となった幾太は、まったく気にしなかった。逃れようとする豊臀をがっちりと抱え込み、秘肉の裂け目に舌を差し入れる。

「あひッ」

艶腰がガクンとはずむ。ほじるように舌を躍らせることで、抵抗が薄らいだ。

「いやぁ、もう」

嘆く声も弱々しい。おまけに、舌の動きに同調して、尻肉がビクッ、ビクッとわなないたのである。

（よし、感じてるぞ）

より快《こころよ》いポイントを攻めるべく、ぷっくりした大陰唇のあいだから、敏感な肉芽を探り出す。指で包皮を剝き下げると、裾野《すその》に白いカス状のものが付着していた。それがペニスのくびれにも溜まる、恥ずかしい垢だとすぐに理解する。

（女性にもこういうものがあるのか）

当たり前のことにも感動し、鼻を寄せてほんのりナマぐさい臭気まで嗅ぐ。不快感はまったくなく、女性の秘密を暴いた喜びだけがあった。

だからこそ、恥垢《ちこう》のついたクリトリスも、躊躇なく舐められたのである。

「あぁっ！」

ひときわ大きな声がほとばしる。敏感な真珠を直舐めされ、成熟したボディが切なげにわななないた。

「あああ、そ、そこぉ」

お気に入りであることを白状し、掲げた豊臀をうち揺する。尻の割れ目がすぼまって、幾太の鼻面を挟み込んだ。

（やっぱりこうされたかったんだな）

抵抗はかたちだけのものだったのだと確信し、硬くなったクリトリスをついばむように吸う。それにより、快感が爆発的に高まったようだ。

「ああああ、だ、ダメぇええええっ！」

ガクッ、ガクンと、剝き身の腰回りが上下にはずむ。それでも食らいつき、一点集中で舌を躍らせることで、未亡人を歓喜の極みへと追いやった。

「イクッ、イクッ、いやあああああっ」

不自由な体勢のまま、女体がぎゅんと強ばる。おしりを小刻みにわななかせたあと、ずりずりとからだをのばした。

「はあ……はふ」

俯せの姿勢で、琴江が背中を上下させる。ふっくらした臀部を、思い出したようにピクッと震わせて。

クンニリングスで絶頂させたのは、これで三人目だ。しかもみんな年上で、人妻と未亡人。経験豊富であろう彼女たちを満足させられて、男としての自信が湧く。

（おれ、本当に才能があるのかも）

何しろ、ついこのあいだまで童貞だったのだ。

琴江が仰向けになる。「ふう」と大きく息をつき、濡れた目で幾太を見あげた。

「……気持ちよかったわ」

そう言って、悩ましげに眉根を寄せる。たった今の快感を反芻するように。

それから身を起こし、咎める眼差しで睨んできた。

「どうして勝手に舐めたのよ？」

なじられて、幾太は混乱した。

「え、だって沢地さんが――」

「わたしは、アソコをちゃんと拭いてから、舐めてもらうつもりだったの。バッグの中にウエットティッシュがあるから」

彼女が木の根元に視線を向ける。そこには迷彩柄のデイパックがあった。

そういうことかと理解しつつも、納得できないところがあった。

「でも、おれに舐めさせたのは、襲われたときに同じことをされたからですよね」

「そうだけど」

「そいつも沢地さんのアソコを拭いたんですか？」

まさかそんなことはしまいと思ったのであるが、

「ええ、そうよ」

あっさり肯定され、目が点になった。

（え、マジか？）

そいつはわざわざウエットティッシュなり、オシボリなりを用意していたというのか。

沙知子と綾奈は、そんなことをされたとは言わなかった。目を覚ます前に清められた可能性はあるが、そもそも入浴したあとだし、必要なかったのか。

それにしても、せっかくの女らしい匂いを消してしまうなんて、まったく愚かなやつである。男の風上にも置けない。

「とにかく、これではっきりしたわ。あなたは犯人じゃないって」

秘部を清めなかったことが幸いしたようである。もっとも、琴江は蔑《さげす》む眼差しを浮かべていたから、夜這い魔以上にヘンタイだと思われたのだろうか。

「そう言えば、疑わしい人間がこの山にいるって言ってたわよね？」

「ええ、はい」

「誰のこと？」

証拠があるわけではないし、幾太は迷ったものの、思い切って教えることにした。それで琴江の賛同が得られれば、まず間違いないだろうから。

「ええと、林業をしている睦見さんなんですけど」

「ああ、それはないわね」

即座に否定されたものだから、幾太は面喰らった。

「え、どうしてですか？」

「実はね、去年、睦見さんとお見合いをしたんだけど――」

周囲に是が非でもと勧められたという。そのときの琴江は、まだ再婚するつもりはなかったものの、仕方なく会うことにしたそうである。

ところが、向こうも乗り気ではなかったというのだ。彼女が好みではないというのではなく。

「睦見さんって、けっこうさばさばしていて、理由を包み隠さず教えてくれたの。若い頃に女遊びをしすぎたせいか、アッチがダメになったんだって」

離婚の原因もそれだったと、彼は打ち明けたそうだ。

「わたしも、いずれ再婚するのなら子供を産みたかったし、それじゃあ無理ですねって話になったの。だから、わたしを襲ったのはあのひとじゃないわ」

「いや、でも、そのあとで不能が治った可能性も」

「だったら尚さら、あんなことはしないはずよ。だって、睦見さんは男性としても魅力的だと思ったたし、そのことは彼にも伝えたもの。アッチに問題がなくて、正式に申し込まれたなら、今ならＯＫするわ。そろそろ再婚してもいいかなと思ってるから」

告白し、琴江はやるせなさげにため息をついた。

「もう少しひとりで頑張るつもりだったけど、ここで仕事をしてるときとか、ふと虚しくなるの。わたしはいつまでひとりなんだろうと思って」

眺めのいい場所だけに、独り身の寂しさが募るのかもしれない。一緒に農作業をして、景色を愉しんでくれる誰かがいてほしいと。

「沢地さんなら、すぐにいいひとが見つかりますよ。こんなに魅力的なんですから」

プレイボーイじみた台詞《せりふ》が自然と口から出たことに、幾太自身が驚いた。

願っていた恋人を得られず、負け犬のごとく都落ちしたのは、都会の女性に気後れしたためばかりではない。もともと女性に対して奥手であり、思ったことの半分も言えないのだ。告白なんてまず無理で、だからこそ真季に関しても、密かに憧れるしかなかった。

そんな自分が、柄にもなく女性を褒めるなんて。しかも、年上の未亡人を相手に。オトナの経験が、精神的にも成長させてくれたのだろうか。

「まあ、ありがとう」

琴江のほうは、魅力的と言われて単純に嬉しかったらしい。口許から白い歯をこぼし、照れくさそうに目を細める。

彼女の笑顔に、幾太も自然と頬が緩んだ。次の瞬間、

「あうっ」

声をあげ、腰を震わせる。琴江が予告もせず、またペニスを握ったのだ。

「まあ。もう大きくなってたのね」

はずんだ声で言われる。分身がいつの間にか復活していたことに、幾太は気づかされた。柔らかな指が与えてくれる快さで、そこがいっそう力を漲らせる。

「若いのね。あんなにたくさん出したのに、ここまで硬くなるなんて」

握り手に強弱を加え、上下にも動かす。うっとりする悦びが高まって、鼻息が荒くなった。

「さ、沢地さん」

「あら、もう透明なのが出てきたわ」

鈴口に丸く溜まったカウパー腺液が、指先で亀頭粘膜に塗り広げられる。くすぐったい気持ちよさに、幾太はブルーシートの上で尻をくねらせた。

「アタマがこんなに腫れちゃって……わたし、どうせ再婚するのなら、こういう元気

なオチンチンの男性がいいわ」

　本気とも冗談ともつかない口振りで言ったあと、彼女がふと遠い目をする。

「あのひとも、けっこう理想的だったんだけど」

　感慨深げなつぶやきを、幾太は夫のことを思い出しているのだと解釈した。

「ねえ、ここでわたしを襲った男を、このあとも捜すんでしょ？」

　琴江に問われ、「は、はい」と返事をする。予想が外れて振り出しに戻り、時間がかかりそうではあったが、今さらやめるわけにはいかない。

「誰なのか突き止めたら、わたしに教えてね」

「はい。だけど、わかったらどうするんですか？」

「まあ、どんなひとかにもよるけど、問題がなければ再婚してもいいわ」

　予想もしなかった発言に、幾太は驚いた。

「え、沢地さんを襲ったやつとですか？」

「そうよ」

「どど、どうしてそんなやつと⁉」

「だって、アソコを舐められたのもよかったけど、オチンチンであんなに感じたのは初めてだったんだもの」

未亡人が頬を赤らめる。クンニリングスのあと、セックスでもさんざんイカされたのだろう。おそらくは、あの恥辱的なポーズのままで。終わったあとも顔を見られなかったのは、失神させられたからではないのか。

それにしても、そんなやつに執着するなんて。最初に夜這いされたと打ち明けたときの沙知子と一緒ではないか。

（あ、それじゃあ、あのひとっていうのは——）

今し方、理想的だったとつぶやいたのは夫のことではなく、夜這い魔のことだったのだ。そして、他にも気がついたことがある。

（おれを気絶させて、おまけに縛ったのは、感じさせてくれた男を絶対に逃がしたくないって気持ちがあったからなんだな）

最初に敵意を示したのは、関係を持った責任を取るように迫る意図があったのではないか。結局は彼女の勘違いだったわけだが、脱がせてペニスを愛撫したり、自ら破《は》廉《れん》恥《ち》なポーズを取って秘苑をねぶらせたりしたのも、あの男なのかどうしても知りたかったからなのだ。

「じゃあ、無理やり犯されたことも許すんですか？」

納得がいかずに質問すると、琴江が眉をひそめた。

「無理やりってわけでもなかったわ。そりゃ、最初は怖くて抵抗したけど、途中からは気持ちよすぎて、もっとしてっておねだりしたぐらいなんだもの」

幾太はほとほとあきれ果てた。こんな女性が多いのなら、亀首村に夜這いの風習が長らく残ったのもうなずける。

「つまり、セックスが気持ちよければいいってことなんですね」

つい厭味《いやみ》っぽく言ってしまうと、彼女はかぶりを振った。

「そんなことないわ。わたしが再婚したい一番の理由は、子供がほしいからなんだもの。セックスがよければ、子作りだってうまくいくでしょ」

それは単なる言い訳というか、口実にしか聞こえなかったが、

(あれ？)

幾太は、ふと閃《ひらめ》くものがあった。

(ひょっとして、夜這い魔の目的って——)

さらに、別の容疑者も浮かんだところで、琴江が艶っぽくほほ笑んだ。

「とりあえず今は、このオチンチンで気持ちよくしてちょうだい」

手にした強ばりを軽やかにしごき、彼女が身を寄せてくる。幾太が戸惑い、身を強ばらせていると、美貌が目の前に接近してきた。

一重の瞼がそっと閉じられる。もしやと思う間もなく、唇にぷにっとしたものが密着した。

(……おれ、キスしてる)

綾奈とはしなかったから、くちづけは沙知子に続いてふたり目だ。

琴江は最初から情熱的に吸い、舌を差し入れてくれた。その間もペニスを愛撫し続けたから、幾太は全身を熱くしてオトナのキスに応えた。

ピチャピチャ……。

舌の戯れあう音が、口許からこぼれる。それにも情感を高められるうちに、息が苦しくなってきた。鼻息が彼女に当たる気がして抑えていたものだから、酸素が足りなくなったのである。

そのため、唇がはずれるなり、「はぁー」と大きく息をついた。

琴江が濡れた目でじっと見つめてくる。たじろいだ幾太であったが、

「ねえ、童貞なんて嘘でしょ」

きっぱりと断定され、反射的に「はい」と認めてしまった。

「すみません。そうでも言わないと、犯人だと決めつけられる気がして。だけど、経験がそんなにないのは事実です」

正直に打ち明けると、

「わかってるわ」

未亡人がうなずく。特に怒っている様子はない。

「だけど、頑張って気持ちよくしてくれる？」

はにかんだ眼差しで訊ねられ、幾太は「もちろんです」と答えた。

脚の途中で止まっていたジーンズと下着を、琴江はいそいそと脱いだ。下半身をすべてあらわにすると、ブルーシートに仰向けで横たわる。両膝を立てて開き、年下の男を性の宴《うたげ》に招いた。

「来て」

幾太は胸をはずませ、彼女に身を重ねた。

ふたりのあいだに手が入れられる。反り返る陽根を握り、たしなめるようにしごいてから、蜜苑へと導いた。

(ああ、熱い)

そこはしとどになっていた。口唇愛撫でイカされた名残というより、新たな果汁が溢れ出したふうに。

ここまで濡れるのだから、普段から熟れた肉体を持て余していたのではないか。自分を襲った男でもかまわないから再婚したがるのも、無理ないのかもしれない。

亀頭を秘割れにこすりつけ、たっぷり潤滑してから、琴江は指をはずした。

「いいわよ。挿《い》れて」

「はい」

幾太は腰をそろそろと沈めた。

穂先が入り口にめり込んだところで、琴江が両脚を掲げた。牡腰に絡みつけ、待ちきれないふうに抱き寄せる。

ぬぬぬ――。

肉槍は否応なく、蜜穴を侵略した。

「あふぅ」

柔らかな粘膜がまといつき、幾太は喘いだ。粒立ったヒダが敏感なくびれをぷちぷちとこすり、腰が砕けそうであった。

(これ、すごく気持ちいい)

琴江もたっぷり感じたのであろうが、この穴具合からして、相手の男もたまらなかったのではないか。それでも忘れられなくなるほど歓《よろこ》ばせたのだから、大したやつである。

彼女の夫が亡くなった理由はわからない。だが、もしかしたら妻の肉体に溺れ、荒淫がたたって早世したのではないか。

そんなことを頭の片隅でチラッと思いつつ、強ばりきった分身を抜き挿しする。

「ああ、あ、くううううう」

琴江は半裸のボディをガクガクと波打たせた。かなり感度が良さそうである。

「オチンチン硬い……も、もっとぉ」

あられもなく求める姿は、むしろいじらしい。幾太は期待に応えるべく励んだ。

下半身のみを脱ぎ、戸外で交わる男女。いかにも欲望本意で、いっそ動物的な行為である。

けれど、刹那の関係には、いっそ相応しい。

（うう、まずい）

幾太は早くも危うくなっていた。それでも彼女を満足させるべく、歯を食い縛って一定の腰づかいをキープする。

抱き合っての正常位は入っているところが見えないから、まだセックスに慣れていない身にはけっこう難しい。挿入の角度や深さを、手探りならぬペニス探りで計らねばならないのだ。

もっとも、下半身に意識を集中したおかげで、上昇を抑えられたようである。

「あ、イク、イッちゃう」

琴江が極まった声をあげる。引き込まれて、幾太も頂上に向かって走り出した。

「あああ、お、おれも」

「いいわ。いっしょに――」

未亡人の脚が、牡腰をしっかりと抱え込む。このまま中に発射してもかまわないということなのだろう。

ならばと遠慮なくと、股間を叩きつける。

「イヤイヤ、あ、あっ、イッちゃう、イッちゃう」

「ううう、で、出ます」

「はあああああーっ!」

大きくのけ反った女体の奥に、幾太は激情の露をほとばしらせた。

第四章　夜這い犯は誰だ⁉

1

他にも夜這いされた女性がいたと知らされても、沙知子はそれほど驚かなかった。被害者はまだいるはずと、密かに予想していたのではないか。

もっとも、襲われたのが真っ昼間だったと幾太が伝えると、さすがに「嘘でしょ⁉」と目を見開いた。

「それって誰なの？」

「ああ、えと」

話してもいいと、琴江に許可を得ていない。幾太は迷ったものの、他言無用だと念を押して教えることにした。

「沢地さんです」

苗字だけでわかったらしく、沙知子は「ああ」とうなずいた。

「旦那さんを亡くされたひとね」

「ええ」

「だけど、どこで夜這いされたの？　あ、昼間だと、夜這いじゃないのか」

相応しい言葉が見つからず、顔をしかめた彼女に、幾太は事の顛末《てんまつ》を話した。山の畑で、農作業のあと昼寝をしていたら、拘束されたことを。

そのとき、声をひそめていたのは、他の誰かに聞かれたくなかったからだ。

週明けの月曜日、役場を退勤したふたりは、西田食堂にいた。夜這い事件のことで話したいと幾太が言ったら、だったら飲みながらと沙知子が提案したのである。

ビールと料理を注文し、最初は仕事に関する、当たり障りのない会話から始める。

アルコールが入り、口がなめらかになってから、沙知子に促されて本題に入った。

かくして、琴江の身に起こったことを知り、沙知子は天井を見あげた。

「まさか、そんな手で来るとは思わなかったわ」

昼間からコトに及ぶなど、想像もしなかったのだろう。

琴江とも肉体関係を持ったことを、幾太は黙っていた。綾奈とばかりか、未亡人にも手を出したと知られたら、さすがに軽蔑されるであろうから。

もっとも、あの場合は手を出したというより、手を出されたと言うべきである。

「昼寝の時間を狙うなんて、かなり計画を練っているわね」

沙知子は眉をひそめつつも、感心したふうにうなずいた。それから、何かを思い出したようで、

「あ、ところで、睦見さんのほうは？」

容疑者として挙がっていた男の名前を口にした。

「そのことですけど、沢地さんが絶対に違うとおっしゃってました。あれは睦見さんじゃないって」

「どうして？」

「あの……」

これもプライバシーに関わるからと念押しして、幾太はかの人物の肉体的な事情を伝えた。

「そっか、インポじゃあ無理ね」

露骨な単語を口にして、沙知子がうなずく。早くも酔っているのか。

もともと彼が犯人だと、絶対的な確信があったわけではなさそうだ。離婚した理由

もわかって、納得した様子である。

「彼じゃないとすると、あとは誰かしら？」

首をかしげた彼女に、幾太は推論を聞いてもらうことにした。

「実はおれ、考えたんですけど」

「え、何を？」

「夜這いをする理由です」

これに、沙知子が訝る眼差しを浮かべる。そんなこと、決まってるじゃないと言いたげに。

「女を抱きたい以外に、何か特別な理由があるってこと？」

「はい。ていうか、単に性欲を満たすだけの行為とは思えないんです」

「どうして？」

「仮に欲望本位だとしたら、あまりに計画的すぎます。ただヤリたいだけなら、普通はそこまでしないでしょう」

人妻がなるほどという顔をする。

「たしかにそうかもね」

「あと、事前によく調べて、相手を厳選しているみたいなのに、一度しかしないのも納得できません。岸端さんも綾奈さんも通報してませんし、そのときはすごく感じたわけですよね。性欲を満たすための夜這いなら、これならだいじょうぶだと踏んで、続けて忍んでくるんじゃないでしょうか」

幾太の推理に、沙知子は何度もうなずいた。

「つまり、セックスが動機じゃないと、淀川君は考えているわけね」

またもストレートな単語を口にされ、幾太はどぎまぎした。他のテーブルにもお客がいるし、聞かれたらどうするのかと心配になる。

「ええ、そうです」

「だったら、何のために？」

「子作りをさせるためだと思うんです」

「え、子作り？」

「岸端さんも綾奈さんも、お子さんがいませんよね。だから夜這いをして、岸端さんたちを徹底的に感じさせることで刺激を与え、夫婦の営みをさせようとしたんじゃないでしょうか」

沙知子が驚きをあらわにする。

「沢地さんは旦那さんがいませんけど、再婚したいとおっしゃっていました。それも、子供がほしいからだと。だから、男のよさを思い出させて、早く再婚させようという魂胆があったんじゃないでしょうか」

「なるほど……たしかにそうかも」

彼女は腑《ふ》に落ちた面持ちで身を乗り出し、今度は声をひそめて告白した。

「あのね、この土日も旦那が帰ってきたの。ていうか、わたしがそうしてって頼んだんだけど。これまでは、だいたい隔週だったから」

「はい」

「それで、もちろん夜はたっぷりしちゃったわよ。夜這いされてから、アレが欲しくてたまらなくなったんだもの」

やはり夫との行為が一番らしい。幾太としたのは、メインディッシュ前のつまみ食いに過ぎなかったのか。そこまで言われていないが、きっとそうなのだ。

「おそらく、近いうちに妊娠すると思うけど、もしも夜這いされなかったら、ここまで積極的にならなかったわ」

自分のことだけに、沙知子は確信を抱いたようだ。それから、

「綾奈ちゃん、ビール追加ね」

手を挙げて注文する。

「お待たせしました」

ビールを運んできた綾奈に、沙知子は小声で訊ねた。

「綾奈ちゃん、旦那さんとセックスしてる？」

露骨な質問に目を丸くした若妻であったが、消え入りそうな声で「うん」と認めた。

「夜這いされたのが、刺激になったんじゃない？」

「そうですね。あれ以来、ダンナが帰ってきたときには、いつもおねだりしてるんです」

「いいことじゃない。うん。教えてくれてありがと」

「どういたしまして」

綾奈が下がると、沙知子は新しいビールをグラスに注いでくれた。

「ほら、飲んで」

高揚した面持ちなのは、真実を突き止めたと信じているからだ。

「いただきます」

幾太はグラスに口をつけた。

「だけど、さすがは淀川君ね。ミステリー好きは伊達《だて》じゃないし、やっぱり頭がいいのね」

そこまで褒められたら照れくさい。誤魔化すために、注がれたビールを半分近くまで空ける。

「ところで、誰が犯人だと思ってるの？　もう目星はついてるんでしょ」

沙知子の問いかけに、幾太はグラスを置いてうなずいた。

「はい。いちおう」

「誰？」

「村長です」

「え？」

いきなりテンションが下がったみたいに、人妻の表情が歪んだ。

「……村長って、ウチの津島《つしま》さん？」

「そうです」

「どうして？」

「今三期目ですし、そろそろ結果を出さないとまずいじゃないですか。これまでは無風でしたけど、次の選挙には別の候補者が擁立されるって噂もありますから」

亀首村の村長である津島は、村会議員を経て村長になった。そのときは三十代の終わりで、若さに期待されたところが大きかったと聞いている。

それから十年。村政に滞りはないものの、彼が当初掲げた公約は、残念ながら果たされたとは言えない。

すなわち、少子高齢化の改善である。

「つまり、高齢化はさておき、少子化に歯止めをかけるために、村長が自ら夜這いをして、わたしたちが子作りをしたくなるように仕向けたってこと？」

「そうです。村長はまだ四十代ですし、けっこう精力的に動き回っていますから、アッチのほうも元気なんじゃないかと思うんです。それに、おれたちと違って勤務時間で拘束されているわけじゃありませんから、昼間、沢地さんのところへ行くことも可能ですし」

幾太は胸を張って根拠を述べた。我ながら見事な推理だと、有頂天になっていたのである。

ところが、沙知子は渋い顔を見せ、力なくかぶりを振った。

「話としては面白いけど、残念ながら間違ってるわ」

「え？」

「村長は犯人じゃないってこと」

「ど、どうして断言できるんですか？」

反論すると、彼女は迷う素振りを見せつつ、幾太に顔を近づけた。

「誰にも言わないでよ」

「……はい」

「わたし、結婚する前だけど、村長とシタことがあるの」

「ええっ⁉」

つい声が出てしまったものだから、沙知子が鼻先に人差し指を当て、「シッ」と咎める。幾太は焦って口をつぐんだ。

「淀川君が精力的って言ったのは、確かに合ってるわ。村長としてだけじゃなく、男としてもね。とにかく女好きで、そのとき彼は結婚してたけど、役場の女の子たちにけっこう言い寄ってたの」

「はあ……」

「それで、わたしも若かったから、あれこれ体験したいって思いもあって、つい応じちゃったのよ。地位のある男に抱かれてみたいって、まあ、単なる興味本位だったんだけど」

やはり彼女は、性に関して奔放だったらしい。ともあれ、村長ともあろう者が、妻がいるのに女漁《あさ》りをしていたことがバレたら大問題であろう。

「で、結論から言えば、口は達者なわりに、下半身の実力は大したことはなかったわ。要は期待外れだったってこと」

「そうなんですか……」

「実際、わたし以外にも抱かれた子はいて、みんな一度で懲りたみたいよ。村長は相手にされなくなって落ち込んだみたいだし、今はもうおとなしくなってるわ。だから絶対に違うわね」

沙知子がきっぱりと断定する。実際に抱かれた身でそこまで言うのだから、これは間違いないということだ。

「そうすると、子作りをさせるための夜這いだっていうのも、考え直したほうがいいですね」

幾太は気落ちして告げた。

少子化の改善なんて、明らかに政治的な思惑だ。そんな理由で人妻や未亡人を抱く人間が、村長以外にいるとは思えなかった。

いや、他に議員というのも考えられる。しかし、ほとんどが年寄りだ。四十代もいるが反村長派である。三選を後押しするような真似をするはずがない。

「ううん。その推理は正しいと思うわ」

「どうしてですか？」

「だって、他に理由がないもの。セックスがしたいのなら、わたしや綾奈ちゃんのところにまた来るはずだし。あんなに感じさせてくれたってことは、カラダの相性がよかったわけで、一度だけで満足するとは思えないわ」

「だったら、いったい誰が？」

「それはわからないけど……ただ、見つける方法はあるわ」

何か閃いたらしき人妻に、幾太は食いついた。

「え、どうするんですか？」

「次に狙われそうなひとを見つけて、見張るのよ」

なるほどと思ったものの、そう簡単なことではなさそうだ。

仮に対象者が見つかったところで、確実にそのひとが夜這いされる保証はない。また、やつがいつ来るのかもわからないのだ。

「岸端さんは、次に誰が襲われると思うんですか？」

「んー、とりあえず結婚してて子供がいないひとか、子供がいてもまだ産めそうな若いひとでしょうね」

「まあ、そうですね」

「あ、でも、沢地さんがヤラれちゃったんだから、独身の女性でも可能性があるわね。むしろ、対象が既婚者からそっちに移ったとも考えられるし」

「独身……」

そのとき、幾太は胸騒ぎを覚えた。考えたくもない、嫌なことが起こりそうな予感がしたのである。

それを見透かしたみたいに、沙知子が発言する。

「独身っていえば、照井さんもそうよね。しかも、まだ若いし」

真季の名前を出され、幾太はどうしようもなく震えた。

（いや、まさか――）

そんなことは絶対にあってほしくない。けれど、可能性はゼロではないのだ。

「で、でも、これまで襲われたのは結婚しているか、結婚されていた方ばかりで、言い方はあれですけど、経験が豊富なわけですよね。だから、夜這いされても気持ちよくて許したっていうか」

「それじゃ、わたしたちがインランみたいじゃない」

沙知子が口を尖らせる。失言だったかと、幾太は焦った。

「い、いえ、そういう意味じゃなくて。とにかく、あまりに岸端さんたちとタイプというか、生活環境が違う気がして」

しどろもどろに弁明すると、彼女は「んー」と首をひねった。

「だけど、とにかく子作りをさせたいのだとしたら、なりふり構っていられないって、行動をエスカレートさせるかもしれないわよ」

「どういうことですか？」

「照井さんに男性経験がどのぐらいあるのかは知らないけど、夜這い魔はアッチのテクニックに自信があるみたいだから、照井さんをセックスの虜《とりこ》にさせて、誰とでも関係を持ちたくなるように仕向けるつもりなんじゃない？　そうすれば避妊がおろそかになって、妊娠する確率が大きくなるもの。あとは男に責任を取らせて結婚してもいいし、いっそ未婚の母になってもかまわないとか」

「そんな……」

「あと考えられるのは、夜這い魔が自分で種《たね》付けをする可能性があるってことよね。だって、それが一番確実なんだもの」

そんなことになったら最悪だ。幾太は絶望に苛《さいな》まれた。

考えてみれば沙知子に綾奈、それから琴江も、みんな魅力的な女性たちばかりである。夜這いをするのに、外見重視で選んでいるのは明らかだ。

そんなやつであれば、真季をターゲットにすることは充分にあり得る。それこそ幾太にとっては、彼女が村内で一番の女性なのだ。結婚していないのを幸いと、夜這いで孕《はら》ませる魂胆かもしれない。

（これは本当に、見張ったほうがいいかもしれないぞ）

夜這い犯を捕まえるためではない。憧れのひとを守るためにである。

「とりあえず、村内のパトロールをしてみたらどうかしら。仕事に支障が出ない程度にね。こんな田舎で、夜中に出歩くひとなんてまずいないんだから、少しでも動きがあれば目立つはずよ」

沙知子のアドバイスに「そうですね」とうなずき、幾太はグラスのビールを飲み干した。絶対に夜這いを阻止せねばと、使命感に燃えて。

2

その日の深夜、幾太は両親に気づかれないよう、こっそりと家を出た。歩いて目的の場所へ向かう。

車を使わなかったのは、車内からだと夜這い魔を見つけにくいと思ったからだ。また、ライトやエンジン音で警戒され、身を隠される恐れもある。自転車も無灯火で走るわけにはいかないし、徒歩を選んだのである。

県道には街灯があるので、懐中電灯がなくても歩くのに困らない。そもそも慣れた道なのだ。

とは言え、深夜ともなれば、ひとも車も通らない。道沿いの住宅も明かりが洩れておらず、完全に寝静まっているのが窺える。

「うう」

寒くもないのに身震いする。幽霊や物《もの》の怪《け》の類《たぐ》いは信じていないが、それでも夜道はかなり不気味だ。蛙か鳥か、はたまた風でそよいだ木の枝がこすれたのか、かすかに聞こえる音にもビクッとなるほどに。

(くそ……だらしないぞ)

自らに発破《はっぱ》をかけるものの、心細さが募るばかり。すぐにでも引き返したくなる。それでも、真季を守るためだと言い聞かせ、足を進めた。

向かっている先は、真季の自宅である。県道から少し脇道に入ったところの、数軒が固まった集落にあった。

彼女が実家暮らしであることは、沙知子に教えてもらった。村営住宅以外に、アパートなどの集合住宅はないし、村に戻るというのは、実家に入ると同義なのだ。

真季のことはずっと好きだったから、家は知っている。しかしながら、彼女の部屋がどこにあるのか、夜這い魔が忍び込めるのかまではわからない。

照井家は両親と、祖父母も健在のはずである。母親とふたりだけだった沙知子や、離れにいた綾奈とは違う。他の家族に気づかれずに忍び込むのが不可能だと確認できたら、それで帰るつもりでいた。

県道から脇道に入ると、街灯がなくなる。幾太はスマホのライトを点け、目立たないように地面だけを照らして歩いた。

空は曇っており、月も星も見えない。足下《あしもと》以外は闇に包まれており、自分自身も黒く塗りつぶされてしまいそうだ。

堪えきれずに足を速めると、舗装された道に足音がやけに響く。これでは気づかれてしまうと、歩む速度を落とした。

県道から集落までは、一キロもない。なのに、やけに遠く感じる。街灯の明かりがぽつぽつと見えたときには、ようやくと胸を撫で下ろした。

（ええと、照井さんの家は――）

集落の奥側にある真季の家は、そばに街灯があったからすぐにわかった。中学時代、偶然を装って会うことができないかと、自宅を調べて来たことがあったのだ。残念ながら、そのときは対面が叶わなかったけれど。

幾太はあたりを見回した。怪しいひと影はない。耳を澄ましても、照井家の中からは何も聞こえなかった。

(夜這い魔は来てないみたいだな)

これからやって来るのか。それとも、今夜は来ないのか。はたまた、真季はターゲットにされていないのか。

改めて家の外観を確認すると、二階建ての住宅は、かつて来たときと変わっていない。集落の他の家と比べても新しく、造りも今風だ。建物もそれほど大きくない。

(照井さんの部屋は、やっぱり二階かな?)

窓の数からして、二階には二部屋ありそうだ。真季の部屋と両親の寝室で、祖父母は一階で寝ているのではないか。などと、勝手に推測する。

玄関は、格子の入ったサッシの引き戸である。裏には勝手口もあるのだろう。どちらから入るにしろ、他の家族に気づかれずに忍び込むのは難しそうに見えた。

ましてて、セックスで感じさせるのは不可能ではないか。声を出せぬよう猿ぐつわを噛ませたとしても、壁の薄そうな近代住宅ゆえ、気配や振動で悟られるに違いない。

（この家で夜這いをするのは不可能だな）

現場を目にして納得する。これなら大丈夫だと、幾太は安堵した。

しかし、間違いなく安全だとは断定できない。琴江のように、戸外で襲われた例もあるのだから。

真季は外回りが多い。仕事中に拉致されてというのも充分に考えられる。そうなると、役場でデスクワークの幾太は助けにいけない。

なんとか危険な目に遭わせずに済む方法はないものか。暗がりで考え込んでいると、照井家の玄関に小さな明かりが灯《とも》った。

（え――――）

心臓が不吉な鼓動を鳴らす。もしかしたら、外にいる自分に誰かが気がついて、何者か確認するために出てくるのか。

幾太は咄嗟に身を隠した。息を殺し、バクバクと高鳴る心音をおとなしくさせるべく、落ち着けと自らに命じる。

通報でもされたら、大変なことになる。たまたま通りかかったなんて言い訳が、通用しそうにない場所と時刻なのだ。それこそ、幾太自身が夜這い魔だと誤解される恐れがあった。

そこまでにならずとも、怪しまれるのは確実だ。狭い村だし、話に尾ひれがついて伝わるだろう。

あいつはストーカーだと、後ろ指を指される光景が目に浮かぶ。信用を無くし、役場を辞めねばならなくなる。当然、真季にも不審がられ、嫌われてしまう。

ほんの短い時間でそこまで悪い展開を考え、泣きそうになる。膝が震え、その場に坐り込みそうになった。

カラカラカラ……。

小さな音を立てて、サッシの引き戸が開く。そこから現れた人物に、幾太は目を瞠った。

（あ、照井さん）

なんと、幾太が守りたかった照井真季そのひとであった。

そうすると、隠れていたところを彼女に発見されたのか。親に見つかったのよりはマシとは言え、事情をわかってもらえるかどうか定かではない。

とりあえず、順を追って説明しなくちゃと身構えていると、真季はこちらに一瞥《いちべつ》もくれず、県道のほうに向かって歩き出した。

（え、あれ？）

見つかったわけではないとわかり、拍子抜けする。

だが、こんな夜更《よふ》けに、いったいどこへ行くのだろう。都会ならコンビニや、深夜営業の飲食店もあるけれど、この村にそんなものは一切ないのだ。

あるいは、眠れなくて散歩に出たのかとも考える。しかし、だったら手ぶらのはずだ。彼女は大きめのトートバッグを持っていた。

そのとき、またも悪い想像が浮かぶ。

（まさか、男と密会するんじゃ――）

真季はすでに恋びとがいて、そいつと会うために出かけるのではないか。

幾太は泣きそうになった。こんな時間に忍んで会うのであれば、深い関係なのは確実だからだ。

彼女は二十五歳である。大学は女子大とは言え東京だったし、男と付き合ったことぐらいあるだろう。まして、こんなに美人なのだから。

それでも、大学を辞めて帰郷したのであり、長く付き合った男はいないと思っていた。こっちに来てからは、彼氏がいるなんて噂はなかったようだし、きっとフリーだと安心していたのである。

だが、噂にならなかったのは、こっそり会っていたためだったらしい。

幾太は真季のあとを追った。夜這いをしようと暗躍している輩がうろついているのである。どこかで遭遇しないとも限らない。

危ない目に遭わせるわけにはいかないし、声をかけて注意するつもりでいた。もっとも、それはただの口実だ。彼女を恋びとのところに行かせたくないというのが本音であり、どんな理由を使ってでも引き留めたかった。

「あの、照井さん」

なるべく驚かせないよう、抑えた声で呼びかけたのである。暗がりだと怖がらせるし、街灯の明かりが届いていたところで。

それでも、若い女性を驚愕させるのには充分すぎたらしい。

「ひッ」

息を吸い込むような悲鳴を洩らし、彼女がその場に坐り込む。トートバッグが地面に落ち、中に入っていたものが転がり出た。

「あ、すみません」

幾太は急いで駆け寄った。

「ごめんなさい。驚かせるつもりはなかったんです。だいじょうぶですか？」

真季は顔面蒼白だった。表情も強ばっている。普段のクールな印象が嘘のよう。

「え、淀川君？」

幾太だとわかって、安堵を浮かべる。それから、目と眉を急角度に吊り上げた。

「ちょっと、どうしてこんなところにいるのよ!?」

「あ、あの、えと」

うろたえつつも説明しようとしたところで、地面に散らばったものに気がつく。彼女のバッグに入っていた品々だ。

(何だこれ!?)

ギョッとしたのは、そのうちのひとつが、肌色がやけに生々しく映える男根だったからである。

作り物だというのは、すぐにわかった。他にも黒光りする疑似《ぎじ》ペニスがあり、それにはベルトが付いていた。股間に装着して使用するものらしい。また、ローションのボトルもあった。

それらの器具は怪しい通販サイトや、アダルトビデオでも見たことがある。何に使用するものかぐらい、幾太にもわかった。

けれど、どうして真季が、夜中にそんなものを持ち歩いているのか。そもそも男のところへ行くのなら、まったく必要がないだろうに。

（それとも、妙なプレイでもするつもりなのか？）

疑似男根を装着して、男のカマを掘るのだとか。彼女なら、女王様っぽい振る舞いがサマになりそうだ。

「あっ」

バッグからこぼれた淫靡な器具に気がつき、真季が焦りをあらわにする。焦って拾い集めたから、間違いなく彼女のものなのだ。

そのとき、幾太の頭に閃くものがあった。夜這い事件の隠された秘密を、ついに解き明かしたのである。

「そうか……照井さんだったんですね」

「な、何よ？」

「これを使って、岸端さんたちに夜這いをしたんですね」

この指摘に、真季の肩がビクッと震える。怖ず怖ずと顔をあげ、幾太を見た。

その目は、今にも泣き出しそうに潤んでいた。

幾太は照井家に招かれた。両親と祖父母は親戚の法事に出かけて留守で、真季がひとりで留守番をしていたという。

つまり、夜這い魔にとっては格好のチャンスだったわけだ。けれど、彼女が襲われる可能性は万にひとつもない。

居間に通されると、幾太は外にいた理由を説明した。知っているだけで三人も夜這いされたため、真季も被害に遭ったらと心配で、見張ることにしたのだと。

向かいの椅子に腰掛けた彼女は、心ここにあらずというふうだった。幾太の話も、ちゃんと聞いているとは思えなかった。

まあ、聞かずとも理解できたのであろう。すべて自分がしてきたことなのだから。

「だけど、どうして夜這いなんかしたんですか？　しかも、同じ女性を襲うなんて」

とは言え、襲う相手が男ならいいというものではない。

質問に、真季は答えなかった。ふて腐れたみたいに唇をへの字にし、目を合わせようともしない。

そこで、推理した動機を披露することにした。

「照井さんは、岸端さんたちに子作りをさせたかったんですよね」

これに、真季は目を開き、驚愕をあらわにした。やはりそうなのだ。

『この村が好きだからよ。わたしのふるさとだし、自然が豊かだし、東京にないものがたくさんあるから――』

山へ向かう林道で会ったとき、彼女はそう言った。しかし、残念ながらこの村には、絶対的に足りないものがある。子供だ。このままでは、いずれ村がなくなってしまうかもしれない。

帰郷したふるさとを守るため、真季は文字通りにひと肌脱いだのだ。その方法が、正しいか正しくないかは別にして。

（ていうか、結果的に被害をこうむったひとはいないんだよな……）

沙知子も綾奈も、それから琴江も、そのときは多大な快感を与えられ、満足したのである。さらに、人妻たちは夫との関係が深まり、幸せそうに見えた。

また、未亡人の琴江も、再婚したい気持ちが強くなった様子である。幾太にあそこまで奉仕させたのも、成熟した肉体が男を必要としたからなのだ。今度は夫になる男を見つけて、同じことをしてもらうのだろう。

よって、真季の目論見《もくろみ》はまんまと成功したわけである。

「おれはべつに、照井さんを責めるつもりはないんです。そもそもそんな資格も、権利もありませんけど。それに、結果的にみんな満足したわけですから。いや、ヘンな意味じゃなくて」

幾太は弁明し、咳払いをした。

「とにかく、岸端さんも綾奈さんも、夜這いされたのが刺激になって、旦那さんと仲睦まじくやってるみたいですよ。子供を授かるのも、そんな先のことじゃないと思います。あと、沢地さんも、早く再婚して子供がほしいと言ってました」

「え、そうなの？」

真季が意外だという顔を見せる。

「そんなふうに見えなかったから、わたし、もう一度行くつもりだったんだけど」

つぶやくように言ってから、顔をしかめる。夜這いを認めたことに気がついたのだろう。

（それじゃあ、照井さんがあのとき、あそこにいたのは――）

林道で真季と遭遇したとき、彼女は琴江の様子を窺いに行ったあとだったのではないか。そして、効果があったと感じられなかったものだから、今夜は自宅で襲うつもりだったらしい。

「おれがさっき言った三人以外にも、照井さんが夜這いをした女性はいるんですか？」

「ううん」

真季が首を横に振る。自棄《やけ》気味というか、開き直ったふうである。

これならすべて打ち明けてくれるのではないかと、幾太は突っ込んだ質問をした。

「照井さん、大学は女子大でしたよね。女性を歓ばせるテクニックは、そのときに磨いたんですか？」

さすがに下世話だったかもと思ったが、彼女はあっさりと認めた。

「そうね。先輩や同級生たちと、けっこう親密な関係になったから」

言ってから、取り繕うように主張する。

「言っとくけど、わたしはレズビアンじゃないわよ。ただ、女の子だけの世界で、自然とそういうことになっただけなんだから」

もちろんそうであってほしいから、幾太はうなずいた。真季が本当にレズだったら、自分は相手にされないことになる。

ただ、バッグに入れていたような器具を、女子大時代にも用いたのであれば、かなりハードな戯れも経験したのではないか。だからこそ、沙知子たちを快楽の虜にできたと考えるのが自然であろう。

(ということは、照井さんもああいうのを挿《い》れられて、感じたんだろうか)

ついあられもない想像をしそうになり、慌てて打ち消す。本人の前で失礼だと思ったのだ。

「それに、レズじゃなくたって、女同士ならどこをどうすれば気持ちいいのかわかるし、岸端さんたちを感じさせるのは難しくなかったわ」

真季が主張する。それは女の園で経験した激しいプレイを隠すための、言い訳ではあるまいか。

「そうすると、同性に夜這いされたのがバレるとまずいから、あれこれ偽装したんですね。岸端さんのときには煙草の匂いをさせたり、綾奈さんのときは旦那さんのシャツを着ていたり」

「まあ、さすがに女だとは思わないだろうけど、念のためにね」

「綾奈さんの旦那さんのシャツは、いつ手に入れたんですか？」

「遊びに行ったときよ。わたしたち年が近いし、けっこう仲良しだから。あと、岸端さんのお宅にも、お邪魔したことがあるわ」

同性ということで、親しく交流していたらしい。だから各家庭の事情もわかっていて、難なく忍び込むことができたのだろう。

そして、男に夜這いされたと信じ込んでいた沙知子たちは、あれが真季だったなんて思いもしなかったわけである。

（沢地さんだけ外で襲ったのは、そこまで親しくなかったからなのかな？）

あそこの畑で仕事をしていることがわかって、機会を窺っていたのかもしれない。

真季は外回りが多いから、役場にいなくても怪しまれることはないのだ。

ただ、一度では効果がなかったように見えたから、今夜は自宅を訪れることにしたらしい。

(そうだよ……照井さんも役場職員だから、村民の情報が手に入るんじゃないか)

パソコンのスキルもあるようで、データ入力などを手伝っているところを見たことがある。つまり、端末から琴江の自宅の情報を得ることだってできるのだ。

沙知子の告白を聞いたあと、内部犯行説を疑ったのは、役場職員なら彼女の情報が手に入ると考えたからだ。あれはやはり正しかったと言える。

「あの、照井さんは、これからも夜這いを続けるつもりなんですか?」

訊ねると、真季は「うーん」と首をひねった。

「正直、もういいかなと思っているの。もともとターゲットにしていたのは、あの三人だけだったし。それに、彼女たちに子供が生まれれば、他の女性たちもあとに続くんじゃないかしら。身近に赤ちゃんを見たら、ウチもほしいってなると思うから」

村がたくさんの子供で溢れる光景が浮かんだのか、彼女の頰が緩む。

「そうすれば少子化も改善されて、亀首村はまだまだ頑張っていけるはずよ」

やはり真季は、村のために行動していたのである。

「そうなるといいですね。あ、それから、もうひとつ」

「え、なに？」

「照井さん自身は、結婚して子供を産もうとは思わないんですか？」

そういう質問がセクハラになることぐらい、幾太は知っている。けれど、子作りをさせるために夜這いまでした彼女になら許されるはずだ。

何より、最も知りたいことでもあった。

「そういう気持ちはあるわよ」

真季が答える。幾太はすかさず詰め寄った。

「だったら、どうして結婚しないんですか？　夜這いなんて危ない橋を渡るよりも、自分で子供を産むのが、いちばん確実な方法だと思うんですけど」

彼女が顔をしかめる。あるいは、身体的な事情で妊娠が難しいのか。だとしたら無神経すぎる問いかけである。

しかし、そうではなかった。

「いい男がいないからよ」

告げられた理由は、実に真っ正直なものであった。

「わたしが大学を辞めてこっちに戻ったのは、東京が合わなかったっていうのもそうなんだけど、ろくな男がいなかったからなの。みんなチャラチャラしてて、まともに話の通じないようなバカばっかりだったんだもの」

東京の男が全員愚かなんてことはない。むしろ、真季の頭がよすぎるものだから、そんなふうに見えたのではないか。

ただ、そこまできっぱり断言するということは、真季の周りにはそういうやつしかいなかったとも考えられる。

(てことは、ずっと彼氏を作らなかったのかな?)

いや、付き合った上で幻滅した可能性もある。

「それで村に帰ってきたら、こっちでもいい男が見つからないし、他のひとに子作りを任せようと思ったのよ」

言われて、幾太はほとんど反射的に立候補した。

「あの、おれじゃ駄目ですか?」

「え?」

「おれ、照井さんのことがずっと好きでした。高校、いや、中学生ぐらいのときから。おれにとって照井さんは、今でも憧れのひとなんです」

真季が虚を衝かれたふうに固まる。目だけを動かして、いきなり告白した男を品定めしているかにも見えた。

「おれは年下で、頼りないかもしれないけど、照井さんに釣り合える男になれるよう頑張ります。だから、結婚相手の候補に加えてくれませんか？」

以前の幾太だったら、好きなひとの前では気後れするばかりで、ここまで思い切ったことは言えなかったろう。琴江を励ましたときにも感じたが、村の女性たちとのめくるめく体験が、身も心も大人にしてくれたようだ。

「……わたしを感じさせられる自信があるの？」

問い返された言葉に、幾太はいささかショックを受けた。

(照井さん、やっぱりかなりの男と付き合ってきたんだな)

東京の男たちを否定したのは、相応に経験を積んだ上で出した結論だったのだ。

そうとわかっても、真季への恋心は薄らがなかった。むしろ、自分が男たちへの幻滅を取り除いてやろうと発奮する。

「あります」

きっぱり答えると、彼女の目がキラリと光った。

「だったら、お手並みを拝見させてもらうわ」

すっくと立ちあがった憧れのひとに見おろされ、幾太は武者震いをした。

3

予想どおり、真季の部屋は二階であった。

そこにはベッドに本棚、ドレッサーなど、必要最小限のものしか置いてない。カーテンもベッドカバーも地味な色合いで、若い女性の居室という感じがしなかった。ほのかに漂う、甘い香りを除いて。

（すごいな……）

ふたつの本棚にぎっしりと詰まった書籍に圧倒される。やはり勉強家なのだ。大学を中退しなければ、今頃は大学院で研究を続けていたのではないか。

もっとも、村に帰ってくれたからこそ、再会できたのである。そして、ずっと願っていた関係になろうとしている。

「それじゃ、始めるわよ」

そう言うなり、真季が躊躇《ちゅうちょ》なく服を脱ぎだしたものだから、幾太は動揺した。

（え、そんなすぐに？）

まだ心の準備がと告げようとして、思いとどまる。あれだけ大きなことを言っておきながら、だらしがないではないか。

（よし、おれも）

後れを取らないよう、幾太もシャツのボタンを外した。もっとも、このときはまだ、下着姿になるぐらいだと思っていたのである。

ところが、彼女はブラジャーを取り去り、綺麗なお椀型のおっぱいをあらわにする。さらに、清楚な白いパンティにも手をかけると、無造作に剝き下ろしたのだ。

（わっ！）

胸の内で声をあげる。意外と肉づきのいい太腿の付け根、ナマ白い肌が逆三角形をこしらえるところに逆立つ、漆黒の恥叢《ちそう》が視界に入ったのである。

ヒクン――。

分身が脈打つ。憧れていた女性のオールヌードを目の前にして、海綿体がたちまち血液を満たした。

（おれ、これから照井さんとセックスするんだ……）

実感がふくれあがり、情欲が下半身に影響を及ぼす。おかげで、ブリーフを脱ぎづらくなった。

（えぇい。そんなことでどうするんだよ）

　真季はすべての肌を晒すと、セミダブルサイズのベッドに横たわった。どこも隠そうとはせず、行儀のいい気をつけの姿勢で。裸を晒すのに慣れているのか。

　そんな姿を見せられたら、ますます恥ずかしがってなどいられない。

　セックスをするのだから、どのみちすべてをさらけ出すのである。その前から怖じ気づいてどうすると自らを叱りつけ、幾太は最後の一枚に手をかけた。思い切って脱ぎおろすと、上向いた亀頭にゴムが引っかかる。

　ペチン——。

　勢いよく反り返った秘茎が下腹を叩く。その音が聞こえたのか、真季の目がこちらに向けられた。

　彼女は確実に、牡の猛《たけ》りを目撃したはずである。ところが、一瞥しただけで天井を向き、瞼を閉じた。そんなものは見慣れているというふうに。

　おかげで、闘争心に火が点いた。

（これまでで最高の男だって、認めさせてやる）

　感じさせられる自信があると告げたのは、大言壮語でも思いあがりでもなかった。実際に、人妻や未亡人たちを歓ばせてきたのだ。

経験数そのものは少なくても、すべてにおいて密度が濃く、様々な体験ができた。だから大丈夫と、幾太は意気揚々《ようよう》とベッドに上がった。

女らしくなまめかしい匂いが、裸身からたち昇る。ボディソープの香りもあったが、それよりは女体本来のかぐわしさが強いようだ。入浴後にひと眠りしてから、夜中に起きたのかもしれない。

「してもいいですか？」

いちおう確認すると、真季が無言でうなずく。焦れったげに腰を揺すったから、気持ちよくしてもらいたくて待ちきれないのか。

ならば遠慮はいらないと、仰向けでもふくらみを保った乳房の真上に顔を伏せる。本当はキスから始めたかったのである。けれど、唇は本当に心を通わせないと許されない気がした。

(ちゃんと感じさせてあげれば、照井さんから求めてくるかも)

そうなることを願いつつ、綺麗なピンク色の突起に口をつける。

「うン」

真季が小さく呻き、胸元をピクンと震わせる。色めいた反応に励まされ、幾太は舌を躍らせた。ほんのり甘い乳頭を、熱心に味わう。

「あ……あン、んうぅ」

切なげな喘ぎ声に、全身がカッと熱くなった。

（おれ、照井さんを感じさせてるんだ！）

彼女は憧れの女性なのだ。童貞を卒業したときや、初めて人妻を絶頂させたときよりも、喜びが著しい。

幾太は俄然やる気になり、グミみたいな乳首を吸いねぶった。もう一方も指で摘まんで転がす。

「あ、あ、うう」

艶声が間断なく洩れる。真季が快感を得ているのは間違いない。

だが、声のトーンは一定で、少しも高まる気配がなかった。

（あれ、どうしたんだろ？）

口と指を左右で交代させても同じこと。もっとあれこれしないと駄目なのかと、指先で脇腹もくすぐった。

しかし、変化はない。

沙知子はおっぱいへの愛撫だけで身悶えたのだ。真季はそこまで感じないのか。肉体がまだ成熟途上なのだろう。

だったらポイントを変えるしかないと、幾太はからだの位置を下げた。鳩尾《みぞおち》やヘソにも舌を這わせ、いよいよ神秘の苑へと到達する。

「脚を開いてください」

白い肌とのコントラストを際立たせる秘毛を見つめながら、掠《かす》れ声でお願いする。むっちりした太腿がピクッと震えたあと、膝がゆっくり離された。

「ああ……」

思わず声が洩れたのは、憧れてやまなかった花園と、ようやく対面できたからだ。わずかにくすんだ肌が、縦方向に切れ込む。ほころんだそこから、小さな花びらがハートの形ではみ出していた。

これまで目にした中で最も綺麗だと思うのは、やはり好きな女性のものだからだ。漂ってくる控え目なチーズ臭も、胸が震えるほどに好ましい。

そして、中心の窪みには、透明な蜜が滴りそうになっていた。

幾太は安心した。反応があまりなかったようながら、ここまで濡れるほど感じてくれていたのだ。

(もっと気持ちよくしてあげなくちゃ)

使命感にも駆られ、もうひとつの唇にくちづける。彼女と初めてキスをするかのような、敬虔《けいけん》な心持ちで。

チュッ——。

軽く吸うと、その部分が細かく震える。粘っこい蜜が唇を濡らした。舐め取ると、舌に絡んだそれはほんのり甘かった。

すると、

「もういいわ」

真季の声に（え？）となる。

「舐めるのはいいから、挿れてちょうだい」

クールな声音に、幾太は戸惑った。何を求められたのか、もちろん理解している。充分に濡れているから、挿入に支障はなさそうだ。けれど、しっかり感じさせられないまま交わるのは、大事なことをやり残した気分だった。

（ひょっとして、クンニリングスよりもセックスのほうが感じるから、早くしてほしいのかも）

経験豊富なら、それもあり得る。何にしろ、真季を満足させるためにしているのだから、要請に応じるしかなかった。

「わかりました」

名残惜しかったが秘苑から離れ、魅惑のヌードにからだを重ねる。彼女が導いてくれなかったので、自らの手でペニスをあてがった。

瞼を閉じた美貌が間近になり、胸が締めつけられる心地がする。ずっと好きだったひとと、いよいよひとつになれるのだ。

亀頭を恥割れにこすりつけると、粘っこいジュースが潤滑してくれる。粘膜同士の摩擦が快いようで、真季は悩ましげに眉根を寄せ、息をはずませた。

「それじゃ、挿れます」

しっかり馴染んだところで声をかけると、彼女がかすかにうなずく。幾太の心臓は壊れそうに高鳴っており、昂奮しすぎて早く終わるんじゃないぞと、自らに言い聞かせた。

腰を進めると、丸い頭部が閉じていた秘割れをくつろがせる。そのまま女体の深部へと沈み込むはずであった。

「イヤッ！」

いきなり悲鳴があがり、幾太は仰天した。何が起こったのかわからぬまま腰を引けば、真季が逃れるように横臥《おうが》し、両手で顔を覆う。細い肩が震えていた。

（——おれとするのが、そんなに嫌なのか？）

嫌悪感から拒絶されたのだと思い、激しく落ち込む。乳房を愛撫されるあいだも、本当はおぞましいのに、ずっと耐えていたのではないか。

そのわりに、濡れていたのは合点がいかないが。

「ごめんなさい。やっぱりおれじゃ駄目なんですね」

気落ちしたまま謝ると、顔を隠したまま首が横に振られた。

「そうじゃない……違うの」

涙声で否定されても、明らかに交わりを拒む態度だ。

「だったら、どうしてなんですか？」

困惑して訊ねると、真季がしゃくり上げる。悲しみに暮れる姿に憐憫《れんびん》が募り、幾太は肩をそっと撫でた。

待っていると、間もなく嗚咽《おえつ》がおさまる。彼女は再び仰向けになり、顔を覆っていた手をはずした。

赤らんだ目許が、ぐっしょりと濡れている。どこか幼く感じられる泣き顔に、幾太は胸が痛んだ。

「……ごめんなさい」

好きなひとに謝られて、幾太は首を横に振った。

「いいえ、おれが悪いんですから」

泣かせた罪悪感から告げると、真季が「そうじゃないの」と言う。ためらいを面差しに浮かべてから、

「わたし……初めてなの」

意を決したように告白した。

「初めて――え？」

その意味を理解するのに、少し時間がかかった。

「あの、つまり、バージンってことですか？」

確認すると、彼女が鼻をクスンとする。

「そうよ」

答えて目を潤ませた。

「だ、だけど、経験豊富みたいに言ってたじゃないですか」

「わたし、そんなこと言ってないわ」

真季に眉をひそめられ、そうだったかなと記憶を巻き戻す。確かに、男を何人も知っているというのは、幾太が勝手にそう思い込んだだけだったのだ。

とは言え、彼女が誤解させるように振る舞っていたのも事実である。わたしを感じ

させられる自信があるのなんて、挑発的なことも口にしたし。

もっとも、あれは年上であるがゆえ、弱みを見せられないと無理をしていただけとも解釈できる。さっさと裸になったことも含めて。

「それじゃあ、東京で男と付き合わなかったんですか？」

幾太の質問に、真季は唇を歪めた。

「そういうわけじゃないけど」

あまり話したくない様子であったが、渋々というふうに打ち明ける。初めてできた彼氏に、二股をかけられたことを。

「そいつは、わたしに好きだって告白したくせに、長く付き合っている彼女がいたの。要は、田舎から出てきた女の子を騙して、弄ぼうとしてたのよ」

「そんな酷《ひど》いやつだったんですか？」

「ええ。他にも被害者がいて、その子に教えてもらったからわかったの。あいつは女の子を引っ掛けて、遊んだらすぐに捨てる鬼畜だって」

幸いにも、真季は深い関係になる前に事実を知り、別れられたという。しかしながら、初めての恋びとだったから、ショックはかなりのものだったようだ。

（ろくな男がいなくてこっちに戻ったって言ってたけど、失恋のショックのせいもあ

ったんじゃないのかな）

幾太は思ったものの、真季に確認することなく黙っていた。蒸し返したところで、彼女が傷つくだけだからだ。

帰郷して以来、真季が男と付き合わなかったのは、男性不信になっていたためではないのか。だとすれば、結婚など到底無理である。他の女性に子作りを任せるしかなかったわけだ。

「だけど、照井さんは女子大で、女同士の、その、そういう関係を持ったって言いましたよね」

「うん」

「そのときには、さっき持ってたみたいなオモチャを、アソコに挿れられたりしなかったんですか？」

挿入された経験があれば、いくら処女でも寸前で拒んだりしないのではないか。ところが、

「一度もないわ」

真季がきっぱりと言う。

「だって、わたしはいつも攻める側だったんだもの」

レズにも役割があると、ネットの記事で読んだことがあった。受け手側がネコで、逆をタチと呼ぶのではなかったか。

(つまり、照井さんはタチの役割だったってことか)

夜道で露骨な性具を目にしたとき、真季は女王様っぽい振る舞いが似合いそうだと考えたが、どうやら当たっていたらしい。もっとも、その相手は同性だったわけであるが。

(あ、そうか。だから岸端さんたちを、よがらせることができたんだな)

女同士の戯れで、攻める立場だったものだから、歓ばせるテクニックが身についたのか。もちろん本人が言ったとおり、同性だから性感帯を理解していた部分もあったろう。

ということは、真季だって多少なりとも同性の愛撫を受け入れたのではないか。あるいは、自分自身でまさぐったことも。

そんな疑問が顔に出たのか、彼女が言い訳するみたいにつぶやく。

「そりゃ、指ぐらいなら挿れられたことはあったけど……」

異物挿入はなくとも、愛撫交歓はあったようだ。

ともあれ、男性経験がないとわかり、幾太は安心した。そして、真季の男性不信を治せるのは自分しかいないと意欲を燃やす。

「おれにもう一度チャンスをくれませんか？」

唐突な申し出に、彼女は面喰らった様子だった。

「え、チャンスって？」

「おれ、頑張って照井さんを感じさせます。いい加減な男ばかりじゃないってことを証明したいんです」

誠意を込めて告げると、真季が気圧《けお》されたふうに「う、うん」とうなずく。

「だから、続きをさせてください」

返事を待つことなく、幾太はからだの位置を下げた。もう一度、クンニリングスのところからやり直すつもりだった。

膝を大きく離しても、真季は抵抗しなかった。すべてを委ねる心づもりになっているようである。

というより、彼女もこのままではいけないという気持ちがあったのではないか。それこそ、自身を変えるチャンスだと捉えているのかもしれない。

秘め園は、さっきよりも乾いているかに見えた。水分が蒸発して成分だけが残ったのか、かぐわしさが著しい。

おそらく、女子大生たちとのレズプレイで、舐められたこともあるのだろう。負けていられないと発奮し、幾太は再びその部分に口をつけた。

「あふ」

なまめかしい声が聞こえ、下半身がわななく。より敏感になっているのは、心を許した証に違いなかった。

これなら大丈夫と舌を出し、恥割れに差し入れる。湿った粘膜を、幾太は慈しむように舐めた。

「あ、あ、あ――――」

洩れ聞こえる声が鋭くなる。鼻先で秘毛が震え、下腹部が波打つのも見えた。

(いい感じだぞ)

女芯が熱くなり、甘い蜜がジワジワと滲み出る。それを舌に絡め取り、唾液も混ぜて塗り込めることで、一帯が淫靡な匂いを放ちだした。

「いや……ああ、だ、ダメぇ」

拒む言葉も、本心ではないとわかる。甘える口調だったからだ。

幾太は敏感なポイントを探した。フードを剝きあげると、桃色の肉芽が現れる。その裾野に、白いものがちょっぴり残っていた。

入浴後なのにこんなものがあるのは、処女ゆえにきちんと洗えていないためなのだろうか。クールな年上女性の隙を発見し、妙に嬉しくなる。当然、嫌悪など覚えるはずがない。

愛《いと》しいひとのクリトリスを、幾太は心を込めて吸った。

「あひぃッ」

ひときわ大きな声がほとばしる。もしも他の家族がいたら、きっと聞かれたに違いない。留守でよかったと、幾太は胸を撫で下ろした。

まあ、他に誰もいなかったからこそ、迎え入れられたのであるが。

小さかった真珠がふくらみ、硬くなる。舌先にクリクリと当たるものをはじき続ければ、若い女体が休みなくくねった。

「イヤイヤ、そ、それ、強すぎるぅ」

苦しげな声に、刺激を弱める。程よい加減を模索していると、「ああっ」と歓喜の声がほとばしった。

「そ、その感じ……あああ、き、気持ちいいっ」

ようやく悦びを素直に表してくれる。幾太は嬉しかった。これでまた一歩、彼女に近づけた気がした。

秘核ねぶりに精を出す彼の股間では、分身が雄々しく猛り、反り返って下腹を打ち鳴らす。多量のカウパー腺液をこぼしているらしく、亀頭と腹のあいだに糸を引く感じがあった。

握ってしごきたい衝動を、幾太は懸命に抑え込んだ。今は真季を感じさせることが先決なのだ。我が事は二の次にせねばならない。

(頑張れよ、おれ)

舌の疲れなど関係ないと、奉仕に勤《いそ》しむ。

クンニリングスで、彼女はかなり高まっている様子だった。間断なく喘ぎ、身をくねらせる。

ところが、なかなか絶頂に至らない。

(舐めるだけじゃイケないのかな？)

だったらどうすればいいのかと考えたとき、指なら挿れられたという告白を思い出した。わざわざあんなことを言ったのは、そうされることがお気に入りだったからではないのか。

舌を動かしながら、中指を膣口へあてがう。蜜汁をまぶしてすべりをよくしてから、中へ侵入した。

「あ、あひっ、いいい」

よがり声のトーンが変わる。もっと奥までと誘うかのように、真季は自ら両脚を掲げた。

(やっぱりこれがいいんだな)

いきなり奥まで挿れるのではなく、進んでは退くを繰り返す。内部がいっそう熱くなり、溢れた蜜がクチュクチュと粘っこい音を立てた。

粒立ったヒダが指にまつわりつき、締めつけはかなりキツい。ペニスを挿れたら、たちまち爆発するのではないか。

そうしたい欲求をはね除けて、舌奉仕と指ピストンに全身全霊を注ぐ。

「ああ、あ、それいいッ」

真季があられもなく身悶える。いよいよ頂上が迫ってきたようだ。

(もうちょっとだぞ)

ここが踏ん張りどころと、指の速度を上げたところ、裸身がガクガクと暴れだした。

「イヤッ、イッちゃう」

極まった声を受け、舌もレロレロと高速で律動させる。「ああああっ！」と、嬌声が部屋に響き渡った。

「イクッ、イクッ、いやぁあああぁッ！」

真季が背中を浮かせてのけ反る。柔肌を細かく痙攣させ、「うっ、ううッ」と苦しげに呻いた。

間もなく、強ばった裸身から力が抜け、ベッドに沈み込んだ。

「ふはっ、ハッ、はあ——」

胸を大きく上下させ、深い呼吸を繰り返す。顔をあげると、なめらかな肌のあちこちに、霧を噴いたように汗が滲んでいた。

（おれ、照井さんをイカせたんだ……）

陶酔にひたる美貌を眺め、幾太はオルガスムス以上の満足感にひたった。

4

絶頂の余韻にひたる真季に添い寝して、綺麗な面差しを見つめる。瞼を閉じているせいか、いつもよりあどけない。

（可愛いな）

今は年上という感じがしない。セックスの経験でも、こちらが一歩先を行っているからだろうか。

けれど、これからは一緒に歩いて行きたい。

「ふう……」

息をつき、真季が瞼を開く。幾太と目が合うと、焦ったように視線をはずした。

「どうでしたか？」

質問にも、「うん」と曖昧にうなずくのみ。

「照井さ——真季さん、とっても可愛いです」

より親しみを込めて、呼び方を変える。すると、彼女は目許を赤らめつつも、

「と、年下のくせにナマイキよ」

無理をして年上ぶるものだから、胸が愛しさで締めつけられる。

「ごめんなさい。でも、男としては合格ですか？」

「え？」

「おれ、これからもずっと、真季さんの隣にいたいです」

思いの丈を伝えると、また彼女の目が潤む。案外、泣き虫なのではないだろうか。

真季は答えることなく、再び瞼を閉じた。唇をそっと突き出したのは、くちづけを求めてだとわかった。

幾太は迷うことなく、最愛のひとにキスをした。

真季はずっと身を堅くしていた。レズプレイで女同士のくちづけは経験していたかもしれないが、男とするのは初めてではないのか。唇も結んだままだった。

唇を重ねただけのおとなしいキスだったのに、幾太は全身が熱く火照るほど感激した。

（おれ、真季さんとキスしてるんだ！）

心を許してくれたのだと確信する。

唇を離すと、濡れた瞳が見つめてくる。

「……合格よ」

掠れ声で言われ、幾太は「え？」と訊き返した。すると、

「何度も言わせないで、バカ」

恥じらってむくれるのが可愛い。

（つまり、おれを男として認めてくれたんだな）

いや、恋びととして、それから結婚相手としても認めてくれたのではないか。

「それじゃあ、真季さんの全部をおれにください」

性急すぎるかもと思ったが、次の機会を待っていたら、大切なひとを逃がしてしま

うかもしれない。しっかりした絆《きずな》がほしかった。

「……いいわ」

その返事は、何よりも嬉しいものだった。

ふたりは身を重ね、結ばれる体勢になった。すると、今度は真季の手が、牡のシンボルにのびる。

「ううう」

快さが手足の隅々まで広がり、幾太は呻いた。腰がブルッと震える。

「すごい……こんなに硬くなるの？」

コクッとナマ唾を呑む音が聞こえた。オモチャ以外の男根をさわるのは、初めてなのだ。

(これを見たとき、すぐに視線をはずしたのは、驚いたからなんだな)

それを悟られぬよう、平気なフリをしていたのである。年上としてのプライドを保つために。

けれど、今は素直な気持ちを伝えてくれる。

「これは、おれが真季さんを大好きだっていう証拠です」

「嘘ばっかり。そうじゃなくたって大きくなるんでしょ。エッチなものを見たり、朝起きたときとかも」

バージンでも、年齢相応に性的な知識はあるようだ。

「それはそうですけど、今こうなっているのは、真季さんといっしょだからです」

「うん……」

生真面目な顔でうなずいて、真季がそっと手を動かす。ひょっとして、持っていたオモチャと比較しているのかと、幾太は気になった。綾奈が大きかったと言ったとおり、かなり立派なイチモツだったのだ。

そのため、

「おれの、どうですか?」

つい質問してしまったのである。

「え、どうって?」

「いや……真季さんが持ってたオモチャ、かなり大きかったから」

「バカ」

優しい目が睨んでくる。

「あんなものと比べものにならないわ。わたしは、こっちのほうが好きよ」

はにかんだ笑顔で告げられて、幾太は感激のあまり分身を脈打たせた。

「あん、元気」

たしなめるようにしごかれて、急速にこみ上げるものがあった。

「あ、ちょ、ちょっとストップ」

焦って告げると、手が止められる。

「どうしたの？」

戸惑った眼差しで質問され、幾太は正直に答えた。

「真季さんの手があまりに気持ちよくて、イッちゃいそうになったんです」

「え、そうなの？　だったら――」

真季が両脚を掲げ、腰に絡みつけてくる。手にした剛棒を、自ら中心に導いた。

「すぐに挿れて」

「だけど、中で出ちゃいますよ」

「いいのよ。だって、あなたの赤ちゃんを産みたいもの」

そう言った彼女の表情は輝いており、天女か女神のごとく神々しく映った。

(この世界をこしらえた神様は、絶対に女性だ。間違いない)

幾太は確信した。だからこそ、男は女性に身を重ね、ここまで安心できるのだ。

「わかりました」

幾太は腰を沈めた。亀頭が熱い潤みに嵌《は》まったところで、筒肉の指がはずされる。

「来て」

「はい」

短いやりとりのあと、ふたりはひとつになった。

「ああっ！」

真季が首を反らし、悲痛な声をあげる。挿入したとき、何も引っかかりは感じなかったが、彼女は初めてなのだ。からだが強ばっているし、処女膜を切り裂かれる痛みがあったのかもしれない。

「だいじょうぶですか？」

幾太が心配して問いかけると、無言でうなずく。深呼吸をして、少しずつ緊張を解いていった。

「はあ」

大きく息をつくと、表情が穏やかになった。

「ごめんね。ちょっとびっくりしただけなの」

声音もうっとりしたものに変わっている。

「痛くないですか？」

「全然。最初はキツい感じがあったけど、今は何ともないわ」

真季が白い歯をこぼし、目を細める。

「わたしたち、きっと相性がいいのね」

「真季さん……」

「だから、こうなったのは、きっと運命なの」

健気《けなげ》な言葉に胸打たれ、幾太は彼女にくちづけた。情愛のままに吸い、唇がほころぶと舌も差し入れる。

「ンふ」

真季も感激したふうにしがみつき、舌を戯れさせた。甘くてトロリとした唾液も飲ませてくれる。

深いくちづけを交わしながら、幾太は腰をそろそろと動かした。爆発寸前まで高まっていたはずが、不思議と今は落ち着いている。愛情が昂りを抑えたのかもしれない。

「ん……ンぅ」

内部をこすられ、年上の女が悩ましげに鼻息をこぼす。本当に痛みはないようだ。むしろ、初めてなのに快さを得ているかのよう。

(本当におれたち、相性ぴったりなんだな)

幾太も大いに納得した。

「ふは――」

唇がはずれると、ふたり同時に大きく息をつく。見つめ合い、ほほ笑みを交わした。

「どんな感じですか？」

訊ねると、真季は得ている感覚を確かめるかのように、眉間のシワを深くした。

「うん……なんか、中が熱いの。ムズムズする感じ」

「それだけ？」

「ね、もっと動いて。なんだかよくなれそうな気がするの」

その言葉に嘘はなかった。幾太がリズミカルに腰を振ると、彼女が「あっ、あっ」と喘いだのである。

「やん、ヘンな感じ」

泣きそうな声で言い、身をしなやかにくねらせる。早くも快感のとば口を捉えたらしい。

「おれ、すごく気持ちいいです。真季さんの中、最高にいいです」

「うれしい……もっとよくなって」

意識してなのか、蜜穴がキュッキュッとキツくすぼまる。幾太も蕩ける悦びにひたり、「おお」と声をあげた。

「すごく締まってる。たまんないです」

「わたしもいいわ。あ、ウソ――」

裸身がしなやかに反り返る。

「よ、淀川君のが、中で暴れてるぅ」

悩ましげに報告した真季の息づかいが、急に変化した。

「あ、あっ、何これ？」

戸惑いを浮かべつつも、体奥から湧きあがる感覚に抗えない様子だ。

（え、イクのか？）

指ピストンでも感じたし、膣感覚はすでに開発されていたのかもしれない。

「も、もっと突いて」

「はい」

「あ、あっ、それいいッ」

彼女が感覚を逸らさぬよう、幾太はリズミカルな抽送を心がけた。さすがに危うくなってきたものの、愛しいひとを感じさせたい一心で爆発を堪えた。

その甲斐あって、ふたり同時にオルガスムスを迎える。

「あ、イク、イッちゃう」

「ま、真季さん、おれも」

「いいわ、い、いっしょに——あああ、く、来るぅ」

ベッドが軋《きし》むほどに腰をはずませ、摩擦が極まった頂点で、幾太は射精した。

「おおお、で、出る」

びゅるびゅると、熱いものがペニスの中心を駆け抜ける。

「イッちゃう、イッちゃう、い——くぅううっ！」

熱いほとばしりを浴びた女体が強ばり、ピクピクと痙攣した。

(すごい……最高のセックスだ)

これが初めての交わりだったとは思えない。ふたりで何度も試みて、ようやく到達する境地ではないだろうか。

汗ばんだ裸身を重ね、ふたりはアクメの余韻に長くひたった。気怠くも心地よく、いつまでもこうしていたい気分だ。

「……ねえ、これからもいっぱいしようね」

真季が舌をもつれさせながら言う。すぐにでも二度目を再開させたいふうだ。

もちろん、幾太に異存はない。彼女の中で、分身は未だ漲ったままであった。

「うん。いっぱいしよう」

「それで、子供たくさん産んで、村の少子化をストップさせるのよ」

真季とふたりなら、きっとできるに違いない。

幾太は村の明るい未来に思いを馳せた。

（了）

＊本作品はフィクションです。作品内の人名、地名、団体名等は実在のものとは関係ありません。

長編小説

濡《ぬ》れ蜜《みつ》の村《むら》

橘《たちばな》 真児《しんじ》

2021年7月5日 初版第一刷発行

ブックデザイン…………………… 橋元浩明(sowhat.Inc.)

発行人………………………………………後藤明信

発行所……………………………………株式会社竹書房

〒102-0075 東京都千代田区三番町8－1
三番町東急ビル6F
email：info@takeshobo.co.jp
http://www.takeshobo.co.jp

印刷・製本………………………中央精版印刷株式会社